訳あり令嬢の婚約破談計画

Haruka Abe
阿部はるか

Honey Novel

Illustration
成瀬山吹

馬車から見える景色は代わり映えがしない。冬枯れた大地が延々と続く。

王都を出てからすでに十日。目的地であるノイハーフェン辺境領に到着するまではさらにあと十日近くかかる。長い旅路だ。うんざりした顔を隠すことなくフィオナは思う。

蜂蜜色の美しい金髪に青い瞳、意志の強さが窺える眼差しで窓の外を見ていたフィオナは、公爵家の令嬢らしからぬ不遜な態度で馬車の窓に肘をかけた。

雪のような白い肌も、美しく巻かれた髪も、ほっそりと長い首筋も文句なく美しいが、花のかんばせに浮かぶその表情だけがいただけない。花嫁として夫の治める領地へ向かっている最中とは思えぬ仏頂面だ。

「お嬢様、お顔が険しいですよ」

馬車に同乗していた侍女に声をかけられ、フィオナはますます眉間の皺を深くした。

「ノイハーフェンが田舎であることは理解していたつもりだったけれど、覚悟が甘かったと己を諌めているだけよ。これから向かうのはここよりさらに山深い土地なのでしょう？」

山と森以外何もない場所だとは聞いていたが、どうやら誇張ではなさそうだ。物心ついた頃から王都で何不自由なく暮らしていたフィオナはすでに心が折れかけている。

しかしもう、王都に自分の居場所はない。あるとすれば修道院だ。世俗から離れ、神に仕えて心穏やかに暮らせる場所。フィオナとしてはいっそこのまま修道院に入ってしまいたかったのだが、父エドモンドがそれを許さなかった。

(公爵家の娘が三回も婚約を破談にされた上に修道院に入るなんて、外聞が悪すぎて見過ごせなかったのでしょうね……)

溜息(ためいき)をついたつもりが、唇からこぼれたのは乾いた笑い声だった。

三回の婚約破談。それも、相手に破談を言い渡したのはすべてフィオナからだ。女から破談を申し出るなど本来ならあり得ないことで、王都ではすっかり「わがまま姫」のあだ名がついている。

さすがにもう嫁のもらい手はないだろうと修道院に入る準備を着々と進めていたのだが、エドモンドはありとあらゆるつてを使ってフィオナの嫁ぎ先を用意した。いったいどんな姑(こ)息(そく)な手を使ったのか見当もつかないが、お相手は王都から遠く離れた辺境に城を構える辺境伯である。

辺境伯はその名の通り、辺境にある国境を守護している。国王から代々その爵位を賜っているヴィステル家は、武功で地位を築いた貴族だ。隣国から異民族が攻め込んできた際は迎撃するのがその務めである。

城主であるクラウスは三十四歳。十七歳のフィオナとは親子ほどに年が離れている。

さらにクラウスは初婚でなく、フィオナの前に三人の妻(めと)を娶り、その全員と離縁していた。

普通の親なら娘を嫁に出すのに躊躇しそうな相手だが、修道院に入れるよりはましだとでも思われたのかもしれない。

フィオナには年の離れた兄と、二人の姉がいる。兄はすでに結婚して父とともに領地を治めているし、姉二人も結婚して子供がいる。父親としては、最後に残った末娘が嫁いでくれれば肩の荷も下りるのだろう。

「……辺境伯にお子様はいらっしゃらないのよね？」

「そのように伺っております」

「三人も奥様がいらっしゃったのに？」

「そういうこともございましょう」

クラウスが三人の妻と離縁した理由を、王都に住む人々は誰も知らない。王都からノイハーフェンまではかなりの距離があるし、国境を守護するクラウス本人が王都にやってくることも滅多にないので真実を確かめる術がないのだ。

わからないだけに憶測ばかりが蔓延っていく。

武力でもって名を上げたヴィステル家の者は乱暴で粗忽に違いなく、荒々しい扱いに耐え切れず妻から離婚を申し出たのでは、と言う者もあれば、辺境伯は女性に対するこだわりが強く、意に沿わない相手は容赦なく城から追い出すのでは、と言う者もあった。

中でも最も不穏なのは、辺境伯は生まれた子供をひっそりと森に捨てているという噂だ。

辺境伯は端からひとりの女性と添い遂げるつもりなどなく、後々後継者問題などの禍根になりかねない子供は、生まれるとすぐ城の前に広がる深い森に捨てられている、というのである。

こんな噂が広まるのは、辺境伯が自ら剣を取り戦場に出ているせいかもしれない。王都にいる貴族たちが剣を振るうことはなく、血なまぐさい戦場も日常から遠い。だからこそ、辺境伯にどこか薄暗いイメージを抱きがちなのだろう。

（そんな噂、さすがに私も信じていないけれど……）

ヴィステル家の大きすぎる武力に恐れをなした者が流したやっかみ交じりの流言だろうとは思う。しかし実際に辺境伯の姿を見た者が王都にほとんどいないだけに、根拠のない噂は浮草のように漂い続ける。

つくづく、なんて相手のもとに嫁ぐことになったのだろうと嘆息した。

ひとつ希望があるとすれば、クラウスが過去に三度も妻と離婚していることだ。離婚の理由こそ知らないが、他人と結婚生活を維持するのが困難な人物ではあるのだろう。

（だとしたら、私との結婚もそう長くは続かないかもしれない）

そうなれば願ったり叶ったりだ。離縁を言い渡されたら今度こそ修道院に入ろう。

そもそも自分は結婚に向いていないのだ。三人いた婚約者たちは、フィオナが申し出た婚約破棄を素直に受け入れた。隠しようもなく、ほっとした顔で。

（本気で私と結婚したいと願ってくれる人などいないんだわ。辺境伯だってきっとそう）

結婚に対する希望もなければ夢もなく、フィオナはだらしなく馬車の窓に肘をつく。侍女に注意されたがお構いなしだ。

（辺境伯が一日も早く離縁を言い渡してくれることを祈るばかりね……）

窓の向こうに広がるのは、前に進んでいるのかどうかもわからぬほど代わり映えのない荒野ばかりだ。王都の賑やかさがもう恋しい。

憂鬱な表情で溜息をつくフィオナを乗せ、馬車は黙々と南へ向かっている。

王都から馬車に揺られること三週間。

ようやく到着したノイハーフェン城は、緩やかな丘の上に建っていた。と言っても、到着が真夜中になってしまったためその外観をしっかり眺めることはできなかった。

さらに間の悪いことに外は土砂降りの雨が降っていて、馬も従者もびしょ濡れの状態でフィオナたちは城に到着した。馬車を迎えに出てくれた城の者も雨に打たれてずぶ濡れだ。

騒然とした雰囲気の中で入った城内は、夜も遅いせいか薄暗かった。

そのせいで、着替えだ、タオルだと使用人たちが慌ただしく駆け回る間を縫うように近づいてきた長身の男性に、フィオナは最初ほとんど注意を払わなかった。

白いシャツに黒いズボン、足元はブーツという実に簡素な服装のその人物は、ふいに現れたと思ったらフィオナに長旅をねぎらう言葉を一言かけ、それきりまたふっと姿を消してしまった。

その人物こそが、この城の主であるクラウスだと知ったのは、彼がこちらに背を向けた後のことである。慌ただしい上に光も乏しく、一瞬で去っていったクラウスの顔はほとんど見えず、暗い通路の向こうに消えていく後ろ姿を呆然と見送ることしかできなかった。

あれから一週間。輿入れしたはずのフィオナは、未だに夫の顔を見ていない。

(これはどういう扱いかしら)

日差しがたっぷりと差し込む南向きの広間で、フィオナはソファーに凭れて窓の外を眺める。二階の窓からは外の様子がよく見えた。と言っても見えるのは広大な草原と黒い森、遠くに連なる山並みくらいのものだが。

室内にはフィオナの他に誰もおらず、やることもない。退屈の極みだ。

夫であるクラウスからは初日に一声かけられたのを最後に、一切の接触がない。多忙を理由に書斎にこもりきりだ。食事の際も時間をずらしており、食堂で会うことすらなかった。

城には城主であるクラウスの他、使用人と騎士たちがいるばかりでヴィステル家ゆかりの者は誰もいない。クラウスの両親はすでに他界して、妹たちは他家に嫁いでいるらしい。叔父や叔母も城から遠く離れた土地に住んでいるそうだ。城内ですれ違う者たちは自身の身分をわきまえ恭しくフィオナに頭を下げるばかりで、まともに話ができる者すらいなかった。

城に到着してから三日後、ようやく白髪の執事がフィオナのもとを訪ねてきて、慇懃に頭を下げ状況を説明してくれた。

『旦那様からお言伝です。まずは旅のお疲れを取っていただくことを最優先に、それからこの土地に慣れていただいて、婚礼のことはゆっくり考えましょう、とのことです』

客間のソファーに凭れ、フィオナは執事の言葉を反芻する。

城に到着したらすぐに挙式の準備を始めるものだと思っていただけに肩透かしを食らった。それに、婚礼のことはこれからゆっくり考える、という言い回しも気になる。結婚をすることは決定事項のはずだが、そうでもなさそうな含みを感じた。

辺境伯の妻としてこの地に送り込まれたはずが、これでは実質婚約者だ。当のクラウスはフィオナの前に現れないので問いただすこともできず、中途半端に放置されている。

(私と結婚するつもりはない、という無言の意思表示かしら)

胸に垂れる髪を指先に巻きつけ、さもありなん、と頷く。王都で三回も婚約破棄を繰り返した小娘を嫁に迎えたいと思う男は少ないだろう。

そうでなくとも今回の結婚話は急すぎる。フィオナが本気で修道院に入ろうとしていたのを察した父親が、慌てて当面の結婚相手を用意してきたとしか思えない。ばたばたと話が決まったと思ったら、結婚のことを周知する暇もなく夜逃げのような慌ただしさで実家を出ることになった。あまりに急な話だったので、フィオナ自身嫁いできた自覚がないくらいだ。

この調子では、父親とクラウスの間できちんと話がまとまったのかどうかも怪しい。

フィオナの父親とクラウスでは、どちらが政治的に立場が上か判断しかねるが、王都近郊の土地を治める父親の政治手腕もなかなかのものだ。クラウスは父に言いくるめられてフィオナを受け入れることになったものの、本人はこの結婚に納得していないのかもしれない。

父親もそれを懸念していたのか、実家を出る際は肩を摑まれこう言われた。

『よいな、フィオナ。隙あらば既成事実を作れ。子を成せ。さもなくばお前も前妻たちのように離縁されるぞ。わかっているな？　今回の話を逃せば次はないぞ！』

愛娘に対する父親の言葉とは思えない。どれだけ必死なのだろう。

これでフィオナに結婚願望でもあれば話は別だが、あいにくそんなものは持ち合わせていない。むしろ一刻も早く修道院に入りたいくらいだ。クラウスもその気がないならとっとと自分を王都に追い返せばいいものを。

（そうできない理由でもあるのかしら。お父様に弱みを握られているとか……）

あり得るだけに笑えない。我が父ながら、エドモンドはなかなか狡猾な人物だ。

ここはクラウスが離縁を突きつけてくるのを待つばかりでなく自分も行動しようと、フィオナはすでに一計を案じて実行に移していた。

暇に飽かせてあれこれ考えていると、客間のドアがノックされ、ワゴンを押した侍女が部屋に入ってきた。フィオナが連れてきた侍女たちはすべて王都に帰してしまったので、身の回りの世話を焼いているのはこの城に長年仕える侍女たちばかりだ。

フィオナよりいくらか年上だろう侍女はきっちりと髪を結い上げ、ワゴンをテーブルの脇に止めると丁寧に礼をする。

「お茶とお菓子をお持ちいたしました」

「いらないわ、下げてちょうだい」

相手が頭を上げる前に言い放つ。遅れて顔を上げた侍女に、フィオナは底意地の悪い顔で笑ってみせた。

「田舎の紅茶なんて香りが乏しくて飲めたものじゃないもの」

侍女が無表情でフィオナを見詰め返す。怒っているのだろうか。そうでなければ困る。そのためにわざと態度を悪くして、心にもない暴言まで吐いているのだ。

手っ取り早くクラウスから離縁を申し出てもらうべくフィオナが計画したのは、城中の人間に嫌われてしまおうという単純なものである。

本当ならクラウスに嫌われるのが一番話は早いのだが、当の本人がフィオナの前に姿を見せようとしないので仕方がない。城に仕える者の中からフィオナに対する不満の声が噴出すれば、クラウスもフィオナを実家に帰す口実が立つというものだ。フィオナの父親にどんな弱みを握られているのか知らないが、正当な理由があるなら動きやすくもなるだろう。

どうせなら正式に婚姻する前に出ていこうと、ここ数日フィオナはこうして侍女たちに悪態をついている。せいぜい『王都からやってきたわがまま姫』を演じ切ってやるつもりで。

侍女は当然面白くないだろうが、揃いも揃ってよく教育されており、フィオナの言葉に反論することもなく静かに頭を下げる。

「失礼いたしました。それではお茶はお下げいたします」

「お菓子も一緒に持っていってね。私の口には合わないようだから」

侍女は無言でワゴンを押して部屋を出ていく。廊下に出て、頭を下げるまで表情を変えなかったのはあっぱれだ。しかしドアを閉める瞬間、苦々しげに顔を歪めたのは隠せない。

フィオナは鼻先で笑うような表情を崩さずにいたが、完全にドアが閉まると糸が切れたようにソファーに凭れかかった。傲慢な表情が一瞬で消える。

(……心にもないことを言うのは疲れるものね)

計画を思いついた当初こそ、本来の自分とはかけ離れた人格を演じる面白さを期待していたが、実際にやってみるとそう楽しいものではない。わざと他人の不興を買うというのは精神的に疲弊するものだ。

何よりも、これだけ嫌な女を演じているのに、城の者たちが誰ひとりフィオナを邪険にしないのも心苦しい。せめて嫌みで応戦してくるとか、扱いを粗末にするとかしてくれればこちらも闘志が湧くものを、城の者たちは二階の一番日当たりのいい部屋にフィオナの荷物を運び入れ、毎日ベッドを清潔に整え、食事だって豪華な料理をたっぷりと用意してくれる。

(本当にこの城に嫁ぐことになったら、女主人として私が使用人を取り仕切ることになるのだし、こんな性格の悪い女に主人面をされるなんて断固反対だ、と使用人たちが声を上げてくれれば、辺境伯だって私を王都に帰しやすくなるはず……よね?)

実際上手くいくかどうかはわからないが、何もせず手をこまねいているよりはましだ。

一日も早く使用人たちの不満を爆発させるべく、唇を片方だけ上げる笑い方の練習をする。上手くできているか窓ガラスに映してみようと窓に目を向ければ、丘を下った先にある広大な森が目に飛び込んできた。

城の南側に広がる森は黒々として、はるか遠くまで広がっている。木々が密に茂った鬱蒼とした森だ。迷い込んだら外に出るのは難しそうな。

ふと、王都で耳にした不穏な噂を思い出した。クラウスは自分の子供が生まれると、人知れず森の奥に捨てているらしい。

(噂なんて信じていなかったけれど……この森を見ていると俄然信憑性が湧いてくるわね)

実際のところ、クラウスはいったいどんな人物なのだろう。未だに顔もおぼろにしかわからない。王都で噂されていた通り、野蛮で乱暴な男なのだろうか。子供を森に捨てる冷血漢なのか。わからないだけに不安だ。できればフィオナも、この結婚はなかったことにしたい。

ゆっくりと瞬きをして、改めてガラスに映る自分の顔を見る。

わざと侍女を怒らせた直後の自分は、やけに疲れた顔をしていた。目的のためとはいえ、他人に嫌われて喜ぶ人間もいない。

とはいえ、フィオナから理不尽な暴言を吐かれた侍女のほうがよほど精神的に疲れているはずだ。城主の妻になるかもしれない相手に何事か言い返せるわけもないのだから。

「……不快に思われるようなことをわざとやっているのだから、嫌われるのは当然だわ」

自らに言い聞かせ、ガラスに映る自分の顔を睨みつける。こんなことで弱っていてはわがまま姫とは言えない。

始めたからには最後までやり通さなければと、フィオナは唇を引き結んだ。

城にやってきてから十日。

侍女に嫌われるべく励む、というフィオナの計画は、今のところ順調に進んでいる。いささか順調すぎるかもしれないというほどに。

侍女たちはこれまで通り過不足なくフィオナの身の回りの世話を焼いてくれるが、私語は一切ない状況だ。「どうぞ」や「よろしいですか」という短い言葉すらないのだから徹底している。無論笑顔も見せない。非常にピリピリした雰囲気だ。

三度の食事以外に紅茶や菓子の類が運ばれてくることもなくなった。フィオナが断ったのだから当然と言えば当然だが、ただでさえ暇を持て余していたのに輪をかけてやることがなくなってしまった。

天気のいい午後、いつものように二階の客間から森を眺めていたフィオナは、視線を転じて城壁の内側に目を向けた。

居住区である主塔と城壁の間には狭い通路があって、簡易な屋根がかけられている。主塔を中心に、西と東にある庭をつなぐ回廊だ。

西の庭は正門を抜けてすぐの場所にあり、初めてこの城を訪れたときはこちらの庭に馬車を止めた。東の庭にはまだ足を踏み入れたことがないが、どんな場所なのだろう。

（お庭を散策してみようかしら……）

思えばこの城に来てからというもの、一度も外に出ていない。

庭に出るなら誰かの了解を得たほうがいいのだろうか。とはいえ近くに侍女はいない。少し前までは必ず部屋の前の廊下に侍女が控えていたのだが、フィオナが「手際の悪い侍女など侍らせても気が散るから」と言って全員下がらせたのだ。

侍女たちからは睨まれたが、平然とやり過ごした。言いがかりをつけてしまい内心後ろめたかったが、おくびにも出さないで。日増しに演技力と精神力が鍛えられていく気がする。

そんなわけで、侍女たちに声をかけるのは憚られる。城主であるクラウスは相変わらず書斎にこもりっぱなしで顔を見せず、侍女たち以上に声をかけにくい。

しばし考え込んだものの、フィオナはすぐにソファーから立ち上がった。

（いいわ、勝手なことをしでかしたほうが周りの心証も悪くなるでしょう）

そうと決まれば話は早い。客間を出ると、我が物顔で廊下を歩いて庭を目指した。

廊下ではたまに侍女とすれ違ったが、皆わずかに目礼をするだけで誰もフィオナに声をかけない。どこへ行くのか尋ねる者もなければ、勝手に出歩くなと咎める者もなかった。

フィオナは遠慮なく城の中を歩いて回廊に向かう。回廊の入り口には見張りの兵士がいたが、女主人のごとく堂々と「ご苦労様」と声をかければ、若干戸惑ったような顔はされたものの止められることなく回廊に出ることができた。

回廊は長く、薄暗かった。横幅も狭く、ようやく人がすれ違える程度で、庭に出たときは視界が開けた開放感から小さく歓声を上げてしまった。

冬の乾いた風が頬を打ち、菫色のドレスの裾が風に翻る。上着を持つべきだったかと後悔したのは一瞬で、久々に胸いっぱいに吸い込んだ外の空気に頬を緩めた。冷たい風はむしろ気持ちがいいくらいだ。

（随分広いけれど……想像していたお庭とはだいぶ趣が違うわね）

フィオナの生家の庭には噴水があり、薔薇のアーチがあり、ティータイムを楽しむための東屋があったが、この庭にはそうしたものが一切ない。

一見して、野放図、という言葉が頭を過った。足元には踝を隠すほどの草が茂り、庭に迷い込んだ者の視界を遮るように不規則に針葉樹が植わっている。庭というよりは小さな森のようだ。

よくよく見ると、獣道のように踏み固められた道がある。自分の知る庭とはかけ離れているが、ためらうよりも興味が湧いて早速庭を散策し始めた。

なだらかに蛇行する道を歩けば、青々とした草木の匂いが鼻先をくすぐる。無骨で優雅さに欠けると思ったのは最初だけで、そのうちこれも野趣があると思えるようになった。

歩いていると、庭の端々で小さな花を見かけた。名前も知らない白い花は、つつましい佇(たたず)まいに反して甘い香りを強く放っている。

（いい香り……）

フィオナは深く息を吸い込む。人目を気にすることなく歩くのも久々だ。のんびり庭を歩いていると、視界の端に何か白いものが映った。木々の間に白い柱のようなものが見える。もしやこの庭にも東屋があるのだろうか。こんなにも天気がいいのだ。外で紅茶など飲めたらさぞかし気分もいいだろう。

（でも、紅茶はもういらないと言ってしまったのよね……）

自分で吐いた心にもない悪態を思い出して溜息をつく。自業自得とはいえもったいないことをした。名残(なごり)惜しく東屋らしきものを振り返った、そのときだった。

どっと何かに肩をぶつけ、よろけて後ろに足を出してしまった。よそ見をしていて道を外れたか、木の幹にでもぶつかったかと慌てて前を向いたフィオナは、ぎょっと体を強張(こわば)らせた。

緩やかな曲がり道の途中でフィオナがぶつかったのは、木の幹でもなければ壁でもなく、背の高い男性だったからだ。

相手も木々など見上げて歩いていたのか、道の向こうからやってきたフィオナに気づいていなかった様子で目を丸くしている。

男は白いシャツに黒いズボン、ブーツという軽装だ。なんの変哲もない質素な服だが、城の使用人たちの服より仕立てがいい。少しだけ癖のある髪は日差しに溶ける鳶色(とびいろ)で、瞳も同じ色だった。鼻筋の通った、凛々(りり)しい顔立ちの男性だ。どこか見覚えがある気もする。

記憶を掘り返そうと目を眇(すが)めていると、男が「貴女(あなた)は……」と呟(つぶや)いた。

言葉尻が少しだけ掠(かす)れたハスキーな低い声を耳にした瞬間、ようやく思い当たった。喧騒(けんそう)の中でも不思議な存在感を持って耳を打ったこの声を覚えている。この城にやってきた日、フィオナに短くねぎらいの言葉をかけた男の声だ。

(まさか、辺境伯……?)

質素だけれど仕立てのよさが窺える身なりにも覚えがある。しかし確信が持てない。想像していた辺境伯より、目の前に立つ男のほうがずっと若かったからだ。

辺境伯はフィオナの父親とさほど変わらない年だと思っていたが、とてもそうは見えない。

フィオナよりいくらか年上といった雰囲気だ。背が高く、肩幅や胸も広い。しっかりと背筋が伸びた立ち姿はまるで老いを感じさせなかった。

「……辺境伯、でいらっしゃいますか？」

まさかと思いながら尋ねれば、男がようやく我に返ったような顔をした。軽く目を瞬かせ、顎を引くようにして頷く。

まさかの本人である。不意を打たれ、とっさにわがまま姫の表情を作ることも忘れた。

この数日、書斎にこもって頑なにフィオナと顔を合わせようとしなかった相手だ。故意にこちらを避けていたのは間違いない。クラウスもこの結婚に乗り気ではないのだろう。

今日こうして顔を合わせたのも、クラウスにとっては予想もしなければ望みもしなかったことのはずで、どんな嫌な顔を向けられるだろうと身構えた。

クラウスは無表情でじっとこちらを見て動かない。無言で立ち去られるだろうか。あるいは暴言のひとつも吐かれるか。

クラウスが右手を上げる。肩を押されてもよろけぬよう足に力を入れたが、クラウスはその手をフィオナに伸ばすことなく、自身の胸に掌を当てて身を折ってみせた。

「長らくご挨拶にも伺わず失礼いたしました。国王から辺境領を預かっておりますクラウス・ヴィステルです」

礼儀正しく自己紹介をして、クラウスは目元を和らげた。

想像とは違う、優雅な仕草と落ち着いた声音だった。もっと野蛮で冷酷な人物を思い描いていたのに。動揺して、フィオナは軽く会釈を返すことしかできない。

目を瞬かせるばかりのフィオナを見下ろし、クラウスはゆったりと言葉を続けた。

「こちらにいらしてからしばらく経ちますが、いかがですか。この城には慣れましたか？何か不自由はありませんか？」

未来の妻に対して、というより目上の相手に対するような丁寧な言葉遣いにまたしても面食らう。だからといって他人行儀な雰囲気はなく、こちらを気遣ってくれているのがわかる優しい口調だった。

穏やかに微笑むクラウスを見上げ、これはどうしたことだと困惑した。クラウスは自分に興味も関心もないのではなかったのか。

実際興味はないはずだ。でなければ十日も放置されるはずがない。顔を合わせてしまった以上、最低限の礼儀を尽くそうというわけか。だとしてもこんなに柔らかな表情を向けられるとは夢にも思っていなかった。突如混乱の極みに立たされる。

（きっと、本心を隠しているだけ……なのよね？）

この結婚に不満を抱いているのは間違いない。それはお互い様なのだし、一刻も早く本心をさらし合い、離縁に向けて行動を起こすべきだ。まずはその作り笑いを引きはがそうと、フィオナは唇の端を吊り上げた好戦的な笑みを浮かべた。

「不自由ばかりですわ。紅茶は香りが薄くて飲めたものではありませんし、侍女たちも不手際ばかりで」

声が震えてしまわぬよう、腹に力を込めて言い放つ。ふてぶてしい表情とは裏腹に、内心冷や汗をかいた。辺境伯に対して不遜が過ぎる。問答無用で打たれても文句は言えないが、構わない。クラウスに悪印象を与え、一日も早くこの城を出たかった。

どうだとばかりクラウスを見上げたフィオナは、思わぬ表情を前に目を見開いた。

「そうですか。なにぶん田舎の侍女たちなので、どうぞご容赦ください」

そう応じたクラウスは、相変わらず穏やかに笑っていた。それどころか、フィオナを気遣うような言葉までかけてくれる。

「城の居心地はどうです？　お部屋に不満はありませんか？」

「へ、部屋は、まあ、及第点といったところでしょうか。古いばかりでつまらないしつらえですが。タペストリーもなければ家具も地味で、城自体が無骨なばかりで華もありませんし？」

さすがにこれは城主として聞き捨てならないだろう。今度こそ怒らせたはずだと身を固くしたが、クラウスはやはり表情を変えなかった。

「確かに、王都の城に比べれば面白味もないでしょうね。敵を迎え撃てるよう堅牢に作った、頑丈なだけが取り柄の城ですから」

そう言って、少しだけ困ったような顔で笑う。フィオナの言いがかりめいた言葉に怒る素振りもない。

フィオナは信じられず、まじまじとクラウスの顔を見上げてしまった。

ここ数日、フィオナがどんな態度で侍女たちと接しているかはクラウスの耳にも届いているはずだ。挙句、城主にまでこんな物言いをしているのに、なぜ笑っていられるのか。

よほど本心を隠す術に長けているのか。フィオナは思い切って、さらに無礼な言葉を重ねた。

「社交の場もありませんし、毎日毎日退屈で仕方ありません。お食事も目新しいものがあるわけでなし、せめて彩を考慮して目で楽しませようという心遣いはないのですか。味も塩辛いし、田舎の味つけは口に合わず困っております」

わざと嫌みったらしい口調で言ってやったのだが、これにもクラウスは「そうでしょうね」と苦笑するばかりだ。

否定しなさいよ、という言葉が危うく出かかった。城の料理はむしろ美味だ。料理人の名誉を守るために、そこは城主としてフィオナの言葉を否定するべきではないのか。

フィオナはやきもきして唇を嚙む。

なぜ怒らないのだ。こちらはわざわざ怒られるような言葉を選んで口にしているというのに。無理やり怒りをねじ伏せているのかと思ったが、どうもそんなふうには見えない。フィオナの文句に耳を傾ける顔は子供をなだめる年長者のそれで、初めて互いの年の差を実感した。フィオナが決死の覚悟で口にした嫌みにも、クラウスは子猫にじゃれつかれているような顔で笑って相槌を打っている。

（これは……思っていたより手ごわいのでは？）

傲慢な表情を作るのも忘れ、フィオナは真剣に考え込む。

結婚前から辺境伯の噂は聞いていた。三人の妻に一方的に離縁を言い渡した気難しい男、森に子供を放り込む冷血漢、返り討ちにした敵兵の首を城壁に掲げる戦闘狂など、王都では不穏な噂が絶えなかったというのに、目の前に立つ男はどの噂ともかけ離れている。

ひゅっと強い風が吹いて、首にかかるフィオナの髪を吹きさらう。首周りの開いたドレスを着ていたフィオナがその冷たさに首を竦(すく)めれば、クラウスが主塔を指さした。

「風が出てきましたね。そろそろ中に戻られたほうがいいのでは？」

ご一緒しましょう、と微笑まれてしまえば抗(あらが)えない。クラウスとともに元来た道を引き返す。

フィオナにつき添う義理もないだろうに、クラウスはフィオナと歩調を合わせてゆっくりと歩いてくれた。たまに「そこは木の根が這(は)っているので足元に気をつけてください」と声をかけてくれることさえあった。フィオナが注意深く木の根をまたぐと、ほっとしたように目元を緩める。思いがけず親切だ。演技とも思えない。

フィオナは改めて、自分の計画が破綻していくのを自覚した。

計画では、城の中でわがまま三昧を尽くしてクラウスを怒らせ、離縁を言い渡されて王都に戻る予定でいた。四度目の破談となれば父のエドモンドもさすがに自分を嫁がせることは諦めるだろうし、余生は修道院で過ごそうと思っていたのだが。

(……この方が、一方的に私に離縁を言い渡してくるかしら?)

横目でそっとクラウスを窺う。まっすぐに前を向くその横顔には静かな笑みが浮かんでいた。フィオナの暴言を根に持つどころか、端から気にかけている様子すらない。

クラウスはエドモンドに弱みでも握られ、嫌々フィオナを受け入れたのだろうと思っていたが急にわからなくなった。まさか本気でフィオナと結婚する気でいるのだろうか。だとしたら困る。こちらは結婚など望んでいないのだ。

(も、もっとひどいことを言った方がよかったかしら。でもあれ以上いったい何を……?)

クラウスの顔を見詰めてそんなことを考えていたら、足元への注意が疎かになった。

「あっ」

爪先が何かに引っかかったと思うのと、視界がぶれるのはほぼ同時だ。地面から出ていた小石にでも躓いたらしく、体が一瞬で安定感を失う。

体勢を立て直すこともできずそのまま地面に倒れ込みそうになったとき、大きな手で腕を摑まれぐいっと引き起こされた。

傾いた体が再び垂直になる。見ればクラウスが横から手を伸ばし、フィオナの腕を取って引き戻してくれたところだ。

「あ……ありがとうございます……」

転倒を免れて礼を述べる。語尾が掠れてしまったのは、一歩踏み込んだクラウスがすぐ近くにおり、改めてその体の大きさを目の当たりにしてしまったからだ。視界を遮る高い壁の前に立たされているような気分になった。

フィオナの腕を摑む手も大きい。服の上から硬い指の感触が伝わってくる。大鷲（おおわし）に腕を捕らわれたらこんな気分だろうか。ごつごつとした大きな手を見詰めていると、クラウスが見る間に顔色を変えた。心配した表情から一転、青ざめて大慌てでフィオナから手を離す。

「失礼しました！　どこかお怪我（けが）は……！」

「え？　い、いえ。辺境伯が支えてくださったので、どこも……」

「そうですか……本当に？」

クラウスは身を屈（かが）め、恐る恐るフィオナの顔を覗き込んでくる。

互いの顔が近づいて息を呑（の）んだ。彫りの深い目の奥に浮かぶのは心底フィオナを案じる色だ。たかが躓いたくらいで大げさだと思ったが、本気で心配してくれているらしい。

家族以外の異性とこんなに顔を寄せ合った経験はなく、フィオナは慌ただしく顔を背ける。冷たい風に打たれているはずなのに、頰が赤くなっていく気がするのはなぜだろう。

「も、問題ありません。どこも痛めていませんし、ご心配には及びませんので」

フィオナが素っ気なく言い放っても、クラウスはまだ心配そうな顔をしたままだ。足を止め、フィオナを見詰めて小さく口を動かしている。何か言おうか言うまいか迷っている様子だ。何を逡巡しているのかわからないだけに、フィオナもその場から動くことができない。

無言のまま立ち尽くすことしばし。クラウスはようやく何か決心したような顔をして、フィオナの前にそっと片手を差し出してきた。

「この庭は足元が悪いので、もしよろしければ……お手をどうぞ」

そう口にしたクラウスは、なぜかとんでもなく険しい顔で、声も喉の奥から絞り出したように低かった。決闘を前に、剣を構えた騎士もかくやという思い詰めた雰囲気だ。

どうしてそこまで緊張するのかわからなかったが、差し出された手を拒否する理由もない。礼を述べて指先をクラウスの掌に預けると、目の前の大きな体がびくりと跳ねた。

まるで掌に鞭でも振り下ろされたような反応に驚いてとっさに手を引いてしまった。何事かと後ずさりすると、クラウスが慌てたように再び手を差し出してくる。

「失礼しました、慣れないもので。今度は問題ありません。さ、手を……」

クラウスは笑顔を浮かべているが、明らかに表情が硬い。口元も引きつっているようだ。

戸惑いながらも、もう一度クラウスの手に指先を預ける。クラウスは先程のように身を震わせることこそなかったが、もうその顔に笑みはない。緊張しきった面持ちでフィオナの手をそっと握り返してくるが、ほとんど力も入っていない。フィオナの腕を掴んだあの力強さが嘘のような弱々しさだった。

　フィオナの手を取ったクラウスがゆっくりと歩き出すが、その足取りも明らかにおかしい。そろりと足を上げ、爪先から地面に下ろす。肩の位置は一切動かさず、視線はフィオナの手に注がれたままだ。

　溢れんばかりに液体を注がれたグラスでも持って歩いているかのようだった。息すら潜め、一歩、また一歩と交互に足を前に出す。

　ふと見ると、クラウスの額には汗まで浮かんでいた。とんでもなく緊張している証拠だ。

（もしかして……この方は他人から触れられることを嫌っていらっしゃるのでは？）

思いつき、試しにこちらからぎゅっとクラウスの手を握ってみた。

またしても鞭で打たれたようにクラウスの体が跳ねる。思わずといったふうに足を止め、フィオナを見返す顔は驚愕の表情だ。そんな顔をされてしまうと、手を握っただけなのに本当に鞭でもふるってしまったような気分になる。

　よくわからないが、クラウスには暴言を吐くより手を握ったほうがダメージを与えられるらしい。フィオナもその場で足を止め、遠慮なくクラウスの手を握りしめた。

　クラウスが息を呑む。顔から見る間に血の気が失せた。相手の嫌がることをするのは申し訳ないが、攻勢の機会は今しかない。フィオナは無理やり唇の端を持ち上げる。

「私からも辺境伯に質問をしてもよろしいですか？」

「……っ、も、もちろん、どうぞ」

ごくりと喉仏を上下させ、クラウスは引きつった笑みで応じる。

今のクラウスなら、暴言をぶつけられれば軽くかわすことなどできないだろう。フィオナはひそかに練習を続けて体得した、飛び切り邪悪な顔で微笑んでみせた。

「辺境伯から見た私の印象も是非お聞かせください。王都から来た私を見て、どう思われましたか？　本来なら、田舎の領地を治める貴方など手も届かぬ場所に咲く花を手折った気分はいかが？」

さすがにこれ以上非礼な言葉は思いつかない。駄目押しとばかり強くクラウスの手を握りしめる。

クラウスの眉間に皺が寄り、不自然な笑みを浮かべていた唇が真一文字に引き結ばれた。さすがに怒ったか。怒るはずだ。

田舎、田舎と連呼しているが、ここは異民族と土地を分かつ国境の近く。この地を治めているということは、王にその武力を認められ、国の守護として信頼されている証左である。

それに比べればフィオナの生家など、よくある貴族の一門に過ぎない。自らを高嶺の花にたとえるなど口幅ったいにもほどがあった。

「いかがです。私に対するご印象は？」

最悪だ、とクラウスが吐き捨てるのをじっと待つ。今すぐ実家に帰れと言ってほしい。

熱心にその顔を見詰めていると、クラウスが引き結んだ唇を緩めて息を吐いた。

溜息よりも長い、いつ終わるとも知れない細い息だった。獣が獲物を狙い定め、身を低くして襲いかかる直前のような。ようやく息を吐き切って、ひたりとフィオナを見定める。

体が後ろに逃げそうになるのを必死でこらえた。失礼なことを言ったのは自分だ。大人しくその咎は受けるつもりだった。

クラウスは無言で目を伏せると、フィオナとつないだ手に視線を落として指先にゆっくりと力を込めた。

大きな手は皮が厚く、指先が硬い。それにどっしりとした重さを感じてどきりとした。父親の華奢な手とは違う、日に焼けた頑丈な手。剣を握る者の手だ。

このままクラウスが指に力を込め続けたら、自分のやわな手など骨ごと砕けてしまうかもしれない。想像して背筋に冷たいものが走ったが、クラウスはそこまで強く指先に力を込めることはなかった。ごく一般的な強さで、しっかりとフィオナの手を握る。

戸惑って顔を上げれば、同時にクラウスもこちらを見た。

どうしてか、クラウスはこちらを案じるような顔だ。

何を心配されているのか見当もつかず小首を傾げれば、なぜかほっとしたように目元を緩められる。

「な、なんです……？」

「いえ、この通り無骨な手なので、貴女に振り払われてしまうかもしれないと思いまして」

そう言って、クラウスは心底安堵したような顔で笑った。

そんな理由でフィオナの手を握り返すことを躊躇していたのか。王都では不穏な噂の絶えない辺境伯が見せた繊細な仕草に、不意を衝かれて動けない。

「貴女の印象でしたね」

クラウスに声をかけられ我に返った。顔を上げ、底意地の悪い笑顔で返答を待とうとしたのに、クラウスが身を屈めて視線を合わせてきたものだから、失敗した。

鳶色の瞳を細め、クラウスは柔らかな声で言う。

「そうですね……日の光を吸い込んだように輝くその髪も、宝石を砕いたような青い瞳も美しいと思います」

瞬時には何を言われたのかわからなかった。連なるそれが褒め言葉だと気づくまでに時間がかかる。

「身のこなしも優雅ですね。おしゃべりも達者で、くるくると表情が変わるのが大変可愛らしいと思います」

予期せぬ反撃に絶句した。あれほど憎まれ口を叩かれた相手に対してよくこんな世辞を並べられたものだ。その上、可愛いだなんて。皮肉かと思いきや、クラウスの笑顔はどこまでも穏やかだ。嫌みとも思えずうろたえた。聞いているほうが恥ずかしくなってきて頬に熱が集まる。

「い、今まで書斎にこもりきりで、私と顔を合わせようともしなかったくせに、よくも白々しくそんなことを……」

低く押し殺したフィオナの言葉を聞き取ったクラウスは、おや、と軽く眉を上げた。

「おひとりで、淋しい思いをさせてしまいましたか？」

「まさか！」

否定の声が裏返る。別に淋しくはなかった。この城の主に放置され、身の置き所がなかっただけだ。図星を突かれたわけではないはずなのにうろたえて、クラウスから距離を取ろうとするがまだ手をつないだままなのでそれも叶わない。

クラウスに手を取られたまま、フィオナはできるだけ傲慢に見えるよう顎を跳ね上げた。

「貴方と一緒にいるよりも、ひとりで過ごしたほうがずっとましです！」

こんな無礼な言葉にもクラウスは激高しない。むしろ眉を下げて困ったように笑う。

「そう思われるのではないかと思って、これまで貴女の前に顔を出すのは控えていたんです」

「え……っ」

驚いて、思わずクラウスの手を強く握り返してしまった。クラウスの肩先がぴくりと跳ねたが構わず、自ら一歩前に出てまじまじとその顔を見上げる。

「そんな理由で……？」

クラウスはちらりと自分たちの手を見下ろし、面映ゆそうな顔で頷いた。

「そんな……まだ正式な妻でもなんでもない私のために、この城の主である貴方が一室に引きこもる必要はないのでは……」

衝撃が過ぎて独白めいた口調になると、その声が聞き取りにくかったのかクラウスが身を屈めてきた。鳶色の前髪がさらりと目元にかかり、その隙間から同じ色の瞳が覗く。くっきりとした二重の目が弧を描き、目の端に優しい笑い皺が浮かんだ。

「では、今夜から食堂で晩餐をご一緒していただけますか？」

至近距離から微笑みかけられて息が止まった。遅ればせながらその顔立ちが非常に精悍であることに気づいて後ろによろける。弾みでつないでいた手がほどけた。

フィオナは自分の手を胸に押しつけ、なおも後ろに下がり続けた。

クラウスは空っぽになった手をこちらに向けたまま、少し残念そうな顔で微笑んでいる。

何もかも、想定していたのと違う態度ばかりだ。無理にフィオナを追いかけてくることもない。

（で、でも、まだ本性を隠しているだけという可能性も……!?）

ないとは言い切れない。結婚してから想像通りの男だったとわかるのでは遅いのだ。

フィオナは戸惑いを振り払うように背筋を伸ばし、きっぱりとした口調で言った。

「いいえ、お食事は自分の部屋でいただきます！　辺境伯はどうぞお気兼ねなく、食堂でお食事を楽しんでください」

「しかし、それでは貴女が……」

「お気遣い無用です。決して貴方の顔を見ながら食事がしたかったわけではないので」

肩にかかる金色の髪を後ろに払い、フィオナは鼻先で笑って踵を返した。

「侍女たちに夕食を私の部屋まで持ってくるよう、くれぐれもお伝えくださいませ」

ごきげんよう、と言い残して主塔へ向かう。

大股で庭を歩きながら、フィオナは詰めていた息をどっと吐いた。

(い、言った……！　言ってやったわ！　これだけ生意気なことを言えば辺境伯だって私を追い出そうとするはず！)

でも、とフィオナは眉を曇らせる。正直なところ、計画を立て直したほうがいい気もし始めていた。初めてまともに会話を交わしてみて、クラウスに対して抱いていた人物像が大きく崩れてしまったからだ。

(温和そうなあの方を、口先だけで怒らせることなどできるかしら……)

だからといって城内で暴れるわけにもいかず、万策尽きた気分でフィオナは溜息をついた。

城の南に広がる森が、ゆっくりと夜の闇に呑み込まれていく。

フィオナは自室の窓辺に立ち、輪郭を曖昧にしていく森を眺める。

フィオナに与えられたこの部屋は、主塔の南東に位置する。おそらく長期滞在する主賓を迎えるための部屋だろう。カーテンのかかったベッドと書き物用の机、衣類をしまう櫃くらいしか物はない。取り立てて飾り気のない部屋ではあるが、日当たりがいいので不満もなかった。

暮れていく外の景色を眺めていると、廊下から部屋のドアを叩かれた。窓の外を見たまま返事をすれば、ドアの向こうから不機嫌顔の侍女が現れた。

「失礼いたします。夕食のご用意が食堂にできております」

「そう。お食事はこの部屋に持ってきてちょうだい」

振り返りもせずに応じれば、侍女が押し殺したような声で言った。

「……旦那様はもう、食堂でお待ちですが」

「存じません。私はこちらでいただきます」

フィオナは振り返らない。振り返って憤怒の表情を浮かべる侍女を見たら、きっと怯んでしまう。下手をしたら相手の言葉を突っぱねられなくなる。

背中だけで拒絶が伝わるよう窓の外だけ見ていると、侍女も諦めたのか聞こえよがしな溜息をついて部屋を出ていった。

部屋の扉が閉まると、フィオナはほっと息を吐く。

庭で会話を交わした日を境に、クラウスは連日フィオナを食事に誘うようになった。大抵は夕食の時間、食堂でフィオナを待っている。フィオナは毎回その誘いを断っているのだが、そのたび侍女に嫌な顔をされるのは精神的に疲れることだった。

（これだけ面目を潰されて、どうしてまだ離縁を言い渡してこないの？）

侍女たちも腹に据えかねているだろう。城の中の雰囲気も相当に悪くなっているはずだし、もういい頃合いだと思うのだが。

ここまでくれば、フィオナにできることはクラウスがその気になるのを待つばかりだ。

どれほどフィオナが策を練っても、女の側から婚約や婚姻を白紙撤回することはできない。決定権があるのは男性側だけだ。

王都ではフィオナが婚約相手に婚約破棄を突きつけたのだと事実のように囁かれているが、実際は違う。フィオナは諸々の根回しをしただけで、正式な婚約破棄は相手側からの申し出があって初めて成立した。フィオナが泣こうが喚こうが、相手が強引に話を進めてしまえば破談はあり得なかったのである。今回も、フィオナが王都に帰るためにはクラウスが離縁を突きつけてくるのを待つしかない。

しばらくすると、不機嫌顔の侍女がワゴンに載せた食事を部屋まで持ってきてくれた。

書き物用の机ぐらいしか食事を置く場所もないので、侍女はそちらに料理を配膳する。城の主を蔑ろにしたフィオナに苛立っている様子だが、給仕の手つきは丁寧だ。この城の使用人たちはつくづく教育が行き届いている。城主であるクラウスがしっかりしているのだろう。

侍女が出ていき、黙々と食事を終え、寝支度を整えると今度こそ本当にやることがない。部屋にこもってばかりで体を動かしていないせいでなかなか眠気も訪れず、机上のランプに火をつけた。

手回り品を入れている櫃を開け、取り出したのは実家から持ってきた日記帳だ。子供の頃からつけている。毎日ではなく、何か特別なことが起こったときにペンをとることが多い。

机の上に日記帳を広げ、ランプの明かりを頼りに昔の自分の文字を眺める。

一番古い文章は、誕生日にこの日記を両親からもらったことを喜ぶ内容だ。次のページには、兄に遠乗りに連れていってもらった日のことが書いてある。他にも叔母にご馳走してもらった菓子を喜ぶ様子や、姉の輿入れが決まった日のことなど、思いついたように身の回りのことが書き連ねられている。

文字を目で追っていると、実家の賑やかな情景を思い出して口元が緩んだ。

この城にやってきてからもう二週間。庭でクラウスと話をした以外は誰かとまともに会話すらしていないので、さすがに人恋しくなってきた。

さらにページをめくると、ミーナという名前が目に飛び込んできた。実家にいた頃、誰より親しくしていた侍女の名だ。

ミーナはフィオナと同じ年で、幼い頃からずっと一緒だった。主人と侍女という関係を越えた親友同士だったと思っている。親や兄弟にも言えない悩みや秘密もミーナには打ち明けられた。おっとりと笑うミーナはどんな話も真剣に耳を傾けてくれて、フィオナの話に一喜一憂してくれたものだ。

(……ミーナは今頃、幸せにしているかしら)

ミーナがフィオナの屋敷を去ったのはちょうど去年の今頃。好きな人ができたのだと、フィオナにだけそっと打ち明けてくれた。

恋した相手の手を取って、ミーナは未明に屋敷を出た。その後ろ姿を見送ったのは、フィオナただひとりだ。

今はどうしているだろう。屋敷を去った直後は頻繁に手紙が届いたものだが、半年ほど前に子供を授かったという連絡が来てからは手紙も間遠になった。三ヶ月前に届いた手紙が最後で、それ以降はフィオナから手紙を送っても返事がない。

新しく家族が増えるのだから何かと慌ただしいに違いない。忙しくも幸せな日々を送っているのだろうと思うと嬉(うれ)しいが、淋しい気持ちも拭えなかった。

(貴女は今、どうしてる……?)

この場にいないミーナに尋ねることはできない。この城から遠い友人に手紙を送ることも難しそうで、フィオナはインクとペンを手元に引き寄せた。手紙に書く代わりに、日記にミーナへの言葉を綴る。

ノイハーフェン辺境領に嫁いできたことから始まり、この二週間の奮闘を書く。数日前に初めてまともに会話を交わしたクラウスのことも書いた。

（どんな方かと思っていたけれど、身なりは立派だったし……思ったよりずっと、優しそうな方だった……）

王都で囁かれていた不穏な噂とは結びつかない、穏やかな口調と柔らかな物腰だった。足元をよろけさせたフィオナを助けてくれて、そっと片手を取ってくれた。無理に手を引かれることはなく、むしろ過剰なほど気遣われた気がするが、あれはいったいなんだったのだろう。

女性に慣れていない、ということはあり得ない。すでに三回の結婚歴があるのだから。

（結婚歴だけじゃなく、離婚歴も三回あるのよね。でも、一方的に離縁を言い渡すような方には見えなかったけれど……）

むしろ温厚で気の長い人物のように見えた。フィオナの憎まれ口に一度も言い返さなかったのだから相当だ。こちらの手を握り返す指先は遠慮がちで、しっかりとつながれた互いの手を見て安堵したように微笑む顔は優しかった。フィオナを見詰め、可愛らしい、と目を細めた姿を思い出すと、たちまち頬に血が上る。

(く、口ではなんとでも言えるわ。心にもないことを言っただけよ。男の人なんて、女性を褒める言葉はいくらでも思いつくんだから)

フィオナの婚約者たちもそうだった。全員が貴族で、幼い頃から貴婦人を褒めるよう教育されているのだから、本心でなくともするすると相手を喜ばせる言葉が出てくる。真に受けるべきではない。

クラウスだって本気で可愛いなどと言ったわけではないはずだ。わかっているのに、あのときのクラウスの瞳が忘れられない。心にもないことを言っているくせに、後ろめたさを少しも感じさせない目で、片時もこちらから視線を逸らそうとしなかった。

フィオナはペンを放り出して天を仰ぐ。もしも最初に婚約したのがクラウスだったら、「可愛い」という言葉を額面通りに受け取って腰砕けになっていただろう。

幸い、もうあの程度の言葉で浮き足立ったりはしなかった。すでに三回も婚約を破棄してきたのだ。正確には、破棄されてきたと言うべきだが。

回想を振り払うように目を閉じる。昔のことはもういいのだ。先のことを考えなければ。今回の急な結婚話も、これまでの婚約と同じく立ち消える。きっとそうだ。いつも自分は選ばれない。

それならば、相手からの決定打を大人しく待つのではなく、自ら行動したかった。

(今度は私の意思で破談にするんだ。誰かのためではなくて、私のために)

そして今度こそ結婚とは縁のない世界で生きていきたい。

いずれ入るだろう修道院に想いを馳せ、フィオナは静かに日記を閉じた。

＊＊＊

食堂のテーブルに並んだ料理がゆっくりと冷めていく。

クラウスは料理に手をつけることなく、黙々とワインを飲んでいた。子供の頃ならいざ知らず、もう料理を前に目の色を変えるような年でもない。

たまにチーズくらいは摘まみながらのんびりグラスを傾けていると、食堂に侍女がやってきた。大股でこちらへ来る侍女の顔には不満の色がありありと浮かんでいる。

クラウスの傍らで一礼して、侍女は感情を押し殺した低い声で告げた。

「フィオナ様は食堂にいらっしゃらないそうです」

わざわざ言葉にされるまでもなく予想していたが、今回も夕食はともにしてもらえないようだ。そうか、と呟いてクラウスは苦笑する。

「やはりこんなおじさんと一緒に食事をするのは嫌なんだろうな」

自戒を込めて口にした言葉を、侍女が勢い込んで否定した。

「旦那様はお若くていらっしゃいます！　ご自身をそのようにおっしゃるのは……！」

「はは、ありがとう。だがあの年頃のお嬢さんから見れば、やはり私はおじさんだよ」

まだ何か言い募ろうとする侍女に「彼女の部屋に食事を持っていってあげてくれ」と命じて下がらせる。憤懣やるかたない様子で食堂を出ていく侍女を見送り、フィオナはいったいどんな顔であの侍女と対峙しているのだろうと考えた。味方ひとりいないこの城で、気の強い侍女と対等に渡り合っているのだからなかなか肝が据わっている。

フィオナを待つ必要もなくなったので改めて食事に手をつけながら、彼女が同じ食卓に着きたがらないのも仕方のないことだと嘆息した。

先日、中庭で初めてまともに言葉を交わしたときも、フィオナは全身で不機嫌を表現していた。気持ちはわかる。フィオナはまだ若くて美しい。王都とは比べるべくもないこんな田舎に追いやられたら苛々するのも当然だ。

(本来なら、こんな場所にいるような娘ではないのだから)

王都でフィオナの身に何があったかについては、すでにエドモンドから聞き及んでいる。

エドモンドは王都の学舎でともに研鑽を詰んだ学友だ。エドモンドのほうが五つばかり年長だが、互いに馬が合って気の置けない関係を築いている。

末娘のフィオナがすでに三回も婚約を破棄されたことを、エドモンドは包み隠さずクラウスに伝えた。その上で、娘を頼むと頭を下げてきたのだ。

婚約破棄はさほど珍しくもないが、三回ともなればさすがに耳目を引く。王都で暮らすには肩身が狭く、それでこんな辺境の地に嫁がせることになったことはすぐに見当がついた。フィオナ本人は納得して嫁いできたわけではないのだろうということも。

ワイングラスをテーブルに置くと、傍らに立つ執事がグラスに新たなワインを注いできた。執事はちらりとクラウスを見て、軽く目を細める。

「待ちぼうけを食らったというのに、何やら楽しそうでございますね」

「ん？　うん、彼女がこの城に来た日のことを思い出していた」

クラウスは機嫌よくグラスを傾けて答える。

婚約を三回も破棄されるなんてどんなじゃじゃ馬が来るのかと待ち構えていただけに、馬車から降りてきたフィオナを見たときは驚いた。

夜が更けて光の乏しい広間でも、フィオナの横顔の美しさは際立っていた。絹のように艶やかな髪はブロンドで、瞳はサファイヤを砕いたような青。ドレスの裾を捌いて広間に降り立つ姿は凛として、予想を鮮やかに裏切られた。

父親に溺愛され、自分ひとりで立つのも覚束ないような娘を想像していた。辺境の城に送り込まれ、侍女に縋りつきながら馬車を降りるものだとばかり思っていたが、フィオナは毅然としたものだった。俯くこともなければ、侍女に取り縋ることもない。

まっすぐ背筋を伸ばして立つ姿に見惚れた。これほど美しい娘がどうしてこんな辺境の地にと声を失ったほどだ。

当時の自分を思い出し、クラウスは唇に自嘲めいた笑みを浮かべる。

正直に言えば、フィオナを見たとき年甲斐もなくときめいた。フィオナたち一行を歓迎しようとさえしてしまい、すぐに自分の年を思い出して恥ずかしくなった。

父親とさほど年の変わらない自分がのこのこ出ていったら、きっとフィオナは露骨に失望するだろう。その顔を正面から見ることに怯んでしまい、初日はまともにフィオナと顔を合わせることすらできなかった。長旅をいたわる言葉をかけただけで自室に逃げ帰ってしまったのだから情けない。

隣国の敵軍に攻め込まれても一歩も退くことのなかった自分が、美しい娘に落胆の表情を向けられることに怯んで逃亡するなど、一瞬本気で辺境伯の爵位を返上すべきかと考えたほどだ。

その後は忙しさを言い訳に書斎にこもり、フィオナと顔を合わせるのをずるずると延ばし続けていたのだが、予期せず庭先で顔を合わせることになった。

フィオナは最初、庭の奥からやってきたクラウスが誰なのかよくわかっていない様子だった。身分を明かしたとき、その顔を染め上げたのは純然たる驚き一色で、そこに嫌悪や落胆が混じっていなかったことにひどくほっとした。

しかしその後の会話からフィオナの鬱屈を肌で感じ、せめて気晴らしにと夕食に誘ってみたのだが逆効果だったらしい。あの日から、フィオナは自室にこもって出てこない。

溜息をつくとグラスの中のワインにさざ波が立った。せめてこの城にいる間くらいは、フィオナに気兼ねなく過ごしてほしかっただけなのだが。

テーブルにグラスを置き、傍らの執事に向け呟く。

「春先には、何かそれらしい理由をつけて彼女を生家に戻す手配をしよう」

「婚礼も挙げずに帰されてしまうのですか？」

「エドモンド公爵だって端からそのつもりだろう。自分とそう年の変わらない男にどうして可愛い愛娘（まなむすめ）を輿入れさせようと思う」

長くクラウスに仕えている執事はエドモンドのことも熟知していて、さもありなんとばかり眉を上げる。エドモンドが老獪（ろうかい）な人物であることを理解しているのだ。

フィオナをこちらに嫁がせる前、エドモンドは単身この地まで赴いて、くどいくらいクラウスに念を押した。

「お前を長年の親友と見込んで頼む。くれぐれも娘をよろしく頼んだぞ。くれぐれも。わかるな。くれぐれもよろしく頼む。くれぐれも、頼むぞ、くれぐれも！」

言外に察してくれ、と血走った目で頼み込まれ、この男も娘のこととなると目の色が変わるのだな、と妙に感心したものだ。

思えばあれも、王都で立った不名誉な噂が消えるまで匿（かくま）ってほしいというだけで、本当に手を出したりするなという牽制（けんせい）だったのだろう。

王都では、自分に対する不穏な逸話が流れていることくらいクラウス自身承知している。そんな男のもとに嫁がされたとなれば、王都の人々だってフィオナに同情することだろう。挙句、一方的に離縁を言い渡されて出戻ったとなれば一層の同情を誘うに違いない。三回も婚約を破談されたことなど些末な事柄になり下がる。好奇心旺盛な王都の人々は、遠く離れた土地に住む辺境伯がどのような人物だったか興味津々でフィオナから聞き出そうとするかもしれず、フィオナが社交の場に戻る一助になり得る。

(エドモンドなら、それくらいの計算はしていてもおかしくないからな)

あの男を敵には回したくないし、ほとぼりが冷めたらフィオナは王都に帰すつもりだ。

ちぎったパンを口に運びながら、庭で遭遇したフィオナの様子を思い出す。

つんと澄ました顔をしていたと思ったら、急によろけて転びそうになるから驚いた。とっさに掴んだ腕は細く、軽く力を入れただけで折れてしまいそうで慌てて手を離してしまったくらいだ。指先はさらに細かった。だから必死で力を加減してその手を取っていたというのに、フィオナの方から強く手を握ってきたときは息が止まるかと思った。

女性のほうからあんなふうに積極的に手を握られたのは初めてだ。かつての妻たちは揃ってしとやかで慎み深く、手を重ねるだけで恥じらったように目を伏せたというのに。

(さすが、王都で暮らしているだけあって先進的なお嬢さんだ)

思い出して苦笑を漏らす。都の流行から遠く離れ、辺境の地で静かに年を重ねてきた自分は翻弄されるばかりだ。

折れるほど細い指で、躊躇なくこちらの手を掴む力は意外なほどに強かった。正面から矢のように飛んでくる視線も鋭く、クラウスがこれまで抱いていた女性像を揺り動かされた。これが王都の女性か、と感心すらしたものだ。

（……妻たちとは違って、すでに男を知っているから物怖じしないのかもしれないな）

過去に迎えた三人の妻は純潔を守ってこの城にやってきた。しかしフィオナは違うのだろう。さすがにエドモンドはそこまで口にしなかったが、王都に使いを出して人々の噂を探ればすぐにわかった。フィオナが婚約を破棄された理由は、他の男と密通していたからだと語る人々が少なからずいたのだ。

あの若さと美しさで三回も婚約が破談になったのも納得だ。妻に娶るのならば純潔な者を、と思うのは男なら当然の心理である。

（でも、あのときだけはさすがにうろたえていたか）

思い出すと唇に笑みが浮かぶ。

自分に対する印象はいかばかりかと尋ねるフィオナに、「可愛らしい」と本音を漏らしてしまった。

本当のことなのだから仕方がない。日差しの下で美しく輝く金色の髪に、混ざり物のない真っ青な瞳。不満げに少し尖らせた唇は淡いバラ色で、どんな辛辣な言葉を口にしていても花が揺れるように目を楽しませてくれる。

警戒心の強い子猫のように威嚇してくるのも微笑ましいと思っていたら、思いがけずフィオナに赤面されてしまい目を瞠った。この程度の褒め言葉など慣れているだろうに、本気で言葉を失った様子で、年頃の娘らしく顔を赤らめていた。

（……あれこそ可愛かったな）

思い出すと際限なく口元が緩んでしまう。気がつけば、傍らに立つ執事が珍しいものを見るようにこちらを見ていた。慌てて唇を引き結んだが、唇に浮かぶ笑みの名残を消し切れない。

困ったな、と思う。

エドモンドの思惑はわかっているし、フィオナが納得してこの城にやってきたわけではないことも承知しているのに、日増しにフィオナにちょっかいをかけたい欲求が膨らんでしまっていけない。

（ますます嫌われてしまうぞ）

自分で自分に言い聞かせ、クラウスは口に含んだパンごと押し流すようにワインを飲んだ。

＊＊＊

朝、身支度を整える際は必ず侍女が支度を手伝ってくれる。それはフィオナがわざと侍女たちに冷たく当たるようになってからも変わらない。仕事は仕事と割り切っているのだろうと感心していたが、城に来てから半月が過ぎ、さすがに侍女たちも堪忍袋の緒が切れたようだ。

今朝、フィオナの部屋にやってきたのはこれまで見たことのない侍女だった。肩まで伸ばした赤毛を無造作に垂らし、部屋に入るやフィオナに向かって勢いよく頭を下げる。

「お、おはようございます、フィオナ様！　わ、ワタクシは、今日からフィオナ様の身の回りのお世話をさせていただきます、リズと申します！」

そう言って顔を上げたリズは、緊張のせいか頬を真っ赤に染めていた。

フィオナは目を瞬かせたものの、すぐにいつもの意地の悪い表情を取り繕う。

「そう、それでは今日からよろしく頼みます。手際が悪ければ他の方に替えていただくけれど構わないわね？」

「は、はい……っ！　い、一生懸命、頑張らせて、い、いただきます……っ」

リズは頬を強張らせ、また深々と頭を下げた。少しばかり言い回しが妙なのが気になるが、よほど緊張しているのだろう。侍女になってからまだ日が浅いのかもしれない。

　これはあまりいじめないほうがよさそうだ、などと思っていたフィオナだが、早々に間違いに気づいた。いじめられているのは、どうやら自分のほうであるらしい。

　リズは基本的に真面目（まじめ）で、熱心に仕事をした。いや、しようとしていた。

　しかしことごとく失敗する。まず、朝の支度をするため寝室に持ち込んだ湯が、体を拭うために使うにしてはあまりに熱い。うっかり火傷（やけど）をしそうになった。

　真っ青になって謝る姿を見るにわざとではなさそうなので、「田舎の方は随分と熱いお湯を使うのね」と嫌みを言うにとどめた。

　服の着替えを手伝わせてみれば、今度はドレスの裾を踏んでフィオナを転ばせかけ、裾にもしっかりと足跡をつけてくれた。朝食の時間もさんざんだ。カトラリーは落とすし、水もこぼす。早々に食事を切り上げて食器を下げさせたが、リズはまたすぐ部屋に戻ってきた。

「貴女に用はないわ。仕事に戻ってちょうだい」

　所在なさげに廊下に立つリズにそう言いつけると、今にも泣きそうな顔をされてしまった。

「あ、あの、でも、私の仕事はフィオナ様のお世話をすることで、他には何も……」

「掃除でも洗濯でも、他にいくらでも仕事はあるでしょう」

「そういうのは、もう手伝わなくていいと言われてしまって……。フィ、フィオナ様にまで用はないと言われてしまっては、私はもう……本当に……」

見る間にリズの目に涙が浮いて、さすがのフィオナもうろたえた。とりあえず自室にリズを引っ張り込んで話を聞けば、思った通りリズは最近この城にやってきたばかりのようだ。

フィオナに勧められるまま椅子に腰かけたリズは、主従の垣根をひらりと飛び越え——というよりはそうした最低限の礼節を知らぬ様子で——勢いよく自身の生い立ちを語った。生まれはこの城よりさらに山奥の村らしく、実家には両親と年の離れた弟たちがいるそうだ。運よく城の侍女に採用され、弟たちに仕送りができるのを何より楽しみにしていたらしい。

でも、とリズは涙目で呟く。

「フィオナ様がこちらにいらっしゃる少し前からお勤めさせていただいているのですが、なかなか仕事に慣れなくて……。掃除をすれば壁に傷をつけるし、洗濯をすれば旦那様の服の裾を引っかけてしまうし、厨房の手伝いをしようにも、料理をひっくり返してしまいかねないからと料理長たちに止められて……」

しょんぼりと現状を語るリズを眺め、なるほど、とフィオナは頷く。

(詰まる話が、何をやらせても仕事にならないから私に押しつけてきたというわけね)

この城の侍女たちはフィオナの身の回りの世話にも手を抜かない。私情を挟んで仕事を疎かにするのは自らの矜持に関わるのだろう。

だからこそ、何をやらせても失敗するリズをフィオナのもとに送り込んだのだ。リズならば、一生懸命やればやるほど何かしでかすだろうと期待して。

こんなもの、フィオナに対する嫌がらせでしかない。

肩を落とすリズを見遣って思案する。侍女たちはフィオナがリズの失敗に振り回されて自分たちに泣きついてくるのを期待しているのだろうが、ここは逆を行こう。リズはこの先も手放さない。相手の思惑通りに動かなければ、ますます反感も買えるだろう。

「わかったわ。リズ、これからよろしくお願いします」

「は、はい、こちらこそ、なにとぞ……」

「貴女は今日から私専属の侍女よ。言葉遣いや作法がなっていないと思えば直していくから覚悟してちょうだい」

リズは緊張した面持ちで「はい！」と頷く。素直な性格ではあるようだ。

「まずは身なりを整えましょう」

「あ、フィオナ様のですか……？」

「違うわ、貴女のよ。髪が跳ねているからきちんと梳かして。シャツの襟も乱れてる」

「え、わ、私ですか？」

早速櫃の中から櫛を取り出し、うろたえるリズの後ろに立ってその髪を梳かす。リズは恐縮しきっていたが、肩に垂らしていた髪を軽く結い上げてやると嬉しそうな笑顔を見せた。

「凄い、フィオナ様は髪まで結えるんですか？」

「簡単に束ねるくらいはね。家にいた頃は侍女の手を借りず勝手に着替えたり髪を結ったりして、よくお母様に叱られたわ。貴婦人が自分でやることではないって」

「へえ……私なんていつもぐずぐずしていて、早く支度をしろって怒られてばかりでしたが」

そう、と素っ気なく答えながらも、フィオナの口元に笑みが浮かぶ。

こんなふうに気兼ねなく誰かと会話をするのは久々だ。リズはフィオナに対する敵対心もなく、無邪気な笑みを向けてくれる。リズ自身他の侍女たちからつまはじき者にされているようだし、敢(あ)えて冷たく振る舞う必要もなさそうだと思えば気が楽だった。

その後も、リズは終始フィオナのそばにつき従った。とはいえフィオナも特別やることはない。せいぜい本を読むか刺繡(ししゅう)をするかして暇を潰すばかりだ。

ぼんやり窓の外を眺めていると、見かねたリズに声をかけられた。

「あの、フィオナ様……よろしければお庭にお散歩に行かれてはいかがでしょう？　こうして一日中お部屋にいらっしゃるのも退屈でしょうし」

「やめておくわ。辺境伯とばったり顔を合わせては大変だもの」

「旦那様なら、今日は朝からずっと書斎でお仕事をしていらっしゃいます。昼食も部屋に運ぶよう言いつけられておりますし、今日はお部屋にこもりきりだと思いますよ」

そう言われると心が動いた。退屈なのは事実だ。リズは満面の笑みを浮かべ「私もご一緒します」と言う。

迷ったが、リズの言葉を信じて庭に出てみることにした。

リズに先導され、回廊を歩いて東の庭に出る。以前クラウスと会った庭だ。

外に出ると、冷たい風がフィオナの着る水色のドレスの裾を揺らした。冷えた空気には甘い花の香りが含まれている。

「……いい香りね」

「はい。この時季はどこに行っても銀木花(ぎんもくか)の香りでいっぱいですね」

「銀木花、というの？　もしかして、あの白い花かしら。あんなに小さな花からこれほど強い香りが……？」

リズは驚いたような顔で「ご存じありませんか？」と言う。

「ええ。王都では見かけない花だから」

「この辺りでは珍しくもない花ですよ。花が地味なぶん、匂いで自己主張するんです」

他愛のない話をしながらリズと庭を歩く。少し行くと、木々の向こうに白い柱が見え隠れした。前回も気になっていたので近づいてみると、思った通り東屋がある。六角形の屋根の下には、華奢なネコ脚の白いテーブルと椅子が置かれていた。

「素敵……ここでお茶が飲めるのね」

フィオナは東屋に入り、ぐるりと庭を見渡した。

間隔もまばらに植えられた木々が自由に枝を伸ばす庭は、どこを見ても滴るような緑に満ちている。大きく息を吸い込むと、銀木花の甘い香りが胸を満たした。森にピクニックに来たような気分だ。こんな場所で紅茶など飲めたら気分転換もできるだろう。

「よろしければ、こちらまでティーワゴンをお持ちしましょうか？」

リズの提案に、思わず「いいの？」と声を跳ね上げてしまった。子供じみた反応になってしまい顔を赤らめたが、リズは気にした様子もなく「お持ちします」と請け合った。

リズがその場を立ち去ると、フィオナは恐る恐る東屋の椅子を引いてみた。誰かが毎日掃除をしているのか、テーブルも椅子もまったく汚れていない。

腰を下ろして深く息を吐けば、木々の向こうに主塔が建っているのが見えた。ちょうど二階の窓が見えるが、あれはどこの部屋だろう。太陽の光が窓に反射して中の様子は窺えない。見えたとしても東屋からは少し距離がある。部屋の様子まではわからないだろう。

しばらくすると、リズがティーワゴンを押して戻ってきた。ワゴンの上にはカップとティーポット、小さな焼き菓子まで並んでいる。

「まあ、よくお菓子まで用意できたわね」

最悪、「お茶の準備の仕方がわかりませんでした」と泣きべそをかいて戻ってくることも想像していたのだが、リズはきちんと職務を全うしたようだ。正直にそう伝えると、リズは照れくさそうな顔で「おっしゃる通り、お茶のお作法は知りません」と頷いた。

「でも、フィオナ様がお茶をご所望だと他の侍女に伝えましたら、きちんとこのワゴンを用意してくれたんです」

「そうなの……」

相変わらず、この城の侍女たちはフィオナを無下にしない。とはいえ、右も左もわからないリズをよこしてくるぐらいには腹を立てているようだが。

(でも、リズも悪い子ではないのよね。少し不器用なだけで)

などとのんきなことを考えていられたのもそこまでだった。

ワゴンを運んできたリズが早速紅茶を淹れてくれたのだが、どうも手つきが覚束ない。重たげにふらふらとポットを持ち上げ、注ぎ口を傾ける加減がわからず勢いよくカップに紅茶を注ぎ入れる。満々と紅茶を注いだカップをソーサーごと持ち上げ、中身がこぼれないよう真剣な顔でこちらに近づいてくる姿を見た時点で、何か悪い予感がした。

フィオナはらはらとその様子を見守り、もういいからカップをテーブルに置くよう声をかけようとしたのだが――一足遅かった。

「あっ!」

リズが足元をよろけさせ、カップの中身が激しく跳ねる。それが手元にかかったのか、小さな悲鳴を上げてリズはソーサーから手を離してしまった。

ガシャン、と大きな音がして、カップとソーサーがテーブルに落ちた。カップが割れ、白いテーブルの上に紅茶がこぼれて広がる。

フィオナは椅子から立ち上がり、棒立ちになるリズに声をかけた。

「何をしているの、早くテーブルを拭かないと。ほら、何かないの？」

顔面蒼白になって割れたカップを凝視していたリズは、はっとしたようにフィオナを見た。

「ふ、拭くものでしたら、こちらに……」

「だったら早く……いいわ、貸してちょうだい。ほら、テーブルから下がって。割れたカップに触らないようにね。手を怪我してしまうから」

リズを下がらせ、フィオナはてきぱきとテーブルの上を拭き、割れたカップをソーサーに戻した。カップは真っ二つに割れている。

一通りテーブルの上を片づけて椅子に腰かけたフィオナは、リズが涙目になって震えていることに気づいて目を丸くした。

「どうしたの、リズ」

「わ、私……こんな失敗ばかりで、もう、今度こそ暇を出されてしまいます……」

リズの目の縁に涙が盛り上がり、フィオナは取り急ぎリズを椅子に座らせた。

「食器を割るのはこれが初めてではないの？」

「は、はい……お皿を洗うときにも何度か……」

「あのカップはそんなにも高価なものなの？」

リズはフィオナと一緒にカップを見遣り、小さくしゃくり上げた。

「お屋敷にあるものは、どんなものでも、高価です……私たちの半年分のお給料でも買えないくらいに。それに、そのカップは旦那様のお気に入りなんです……」

真っ二つに割れてしまったのは、白い陶器に若草色で花模様を描いたカップだ。王都できらびやかなカップを飽きるほど見てきたフィオナからすれば地味なくらいだが、リズにとってはとんでもなく高価なものに見えるのだろう。本格的に泣き始めてしまった。

「ようやく、弟たちに仕送りができると思っていたのに……」

泣きじゃくるリズの背中を撫でて、どうしたものかと天を仰ぐ。

このままではリズが城から追い出されてしまうかもしれない。それでフィオナが困ることはないのだが、目の前でこんなに泣かれてしまうとさすがに寝覚めが悪くなりそうだ。

かばってやりたいところだが、自分は侍女たちに嫌われている。下手に口添えなどしたらリズの立場がますます悪くなるかもしれない。

しばし考え込み、フィオナはひっそりとした溜息をついた。

(放っておけばいいのよね。私になんの責任があるわけでもないのだし)

庭に散歩に行ってはどうかと提案したのもリズなら、紅茶を持ってきましょうかと声をかけてきたのもリズだ。そしてカップを落として割ったのもリズである。

かばう必要すらない。さっさとワゴンを片づけるよう命じて、自分は部屋に戻ってしまえばいい。

自分が何か行動を起こす義理はないのだ。頭ではそう思うのだが。

（……ここで大人しく引き下がれたら、こんな辺境の土地に嫁いでくることもなかったのよね、きっと）

もう一度溜息をつく。自然と諦めたような笑みをこぼしていた。

王都でもこうやってさんざんいらぬお節介を焼いてきたのに、こんな田舎に来てもなお同じことをしようとしている。そんな自分に呆れつつ、ようやく泣きやんだリズに声をかけた。

「リズ、ちょっと案内してほしい所があるのだけれど」

「え……ど、どちらへ……」

赤く目を腫らしたリズに、フィオナはきっぱりした口調で言った。

「辺境伯のいる書斎まで連れていってちょうだい」

青ざめて震えるリズに案内され、フィオナは主塔の二階にある書斎の前までやってきた。

部屋の前に立ち、小さく息を整える。軽く拳を握って書斎の扉を叩くと、すぐに中から応えがあった。クラウスの声だ。

鋭く息を吐いて緊張を吹き飛ばし、フィオナは遠慮なくドアを開けた。

「失礼いたします、辺境伯。少しお話がございまして」

扉を開ければ、窓から差し込む眩しい光が目を貫いた。

クラウスの書斎は広く、部屋の隅に書架が並んでいる。部屋の中央には小さなテーブルとソファーが置かれ、その向こうには窓に背を向ける格好で大きな机が置かれていた。

机で何か資料を眺めていたクラウスが顔を上げる。その顔に、さっと驚きの表情が走った。

「これは……どうされました。貴女のほうからこちらへいらっしゃるなんて」

フィオナは室内に足を踏み入れるとリズを振り返る。無言で片手を差し出すと、リズが震える指でカップの破片を手渡してきた。割れたカップの持ち手に近い部分だ。

フィオナは持ち手に指を引っかけると、クラウスにも見えるようにそれを掲げてみせた。

「申し訳ありません、辺境伯。つい先程、私の不注意でこのカップを割ってしまいまして」

半歩後ろに立つリズが息を呑む気配がした。クラウスがそれに気づかぬよう、フィオナはまくし立てるように続ける。

「なんでも辺境伯が大切にしていらしたカップだとか？　さすがに申し訳ないと思いまして謝罪に参りました。でも、カップの一つや二つ今更構いませんでしょう？　必要ならすぐ父に頼んで王都から真新しいカップを取り寄せることもできますし、この城の古臭いカップを大切に使い続けることもありませんものね？」

書斎に向かう道すがら、頭の中でさんざん練り上げた嫌みな言葉を笑い交じりで口にした。さすがに演技が過剰だったのか、はたまたこれまでのフィオナの口調とかけ離れていたからか、傍らのリズが目を丸くしたが無視だ。部屋に入る前に、リズには何も喋(しゃべ)らぬようきつく言い含めてある。

リズの立場を守るため、カップを割ったのは自分のせいにすることにした。リズと違って自分はこの城に未練もない。むしろクラウスから嫌われようと仕向けている最中なのだから都合がいいくらいだ。どうせなら一層の悪印象を与えようと、底意地の悪い口上まで考えてきた。我ながら完璧な煽り文句だったと思う。いい加減クラウスは腹を立てて自分を追い出したほうがいい。

指先に引っかけたカップの欠片をぞんざいに揺らしてみせる。机の前に座っていたクラウスはじっとそれを見て、そうですか、と無表情で呟いた。声も抑揚がなく感情がわかりにくい。今度こそ怒らせたか、と様子を窺っていると、クラウスの静かな声が耳を打った。

「そのカップは、私の大切な友人から贈られたものです」

瞬間、フィオナの口元に浮かんでいた意地の悪い笑みが消えた。

上手く表情が作れない。高価なものだと言われたら父親に泣きついてでも弁償するつもりでいたし、それ以上に値の張る品を王都から取り寄せるつもりでいたのだが。

(友人から贈られたもの……)

片手を腰に当てていたフィオナは、その手をゆっくりと体の脇に下ろす。友人と耳にした瞬間頭に浮かんだのは、親友のミーナだ。彼女と交わした言葉や、一緒に編んだシロツメクサの花冠。今はもう会えない、それだけにかけがえのない思い出が溢れ出し、フィオナの顔から傲慢な表情が抜け落ちた。

フィオナは背後に控えていたリズを振り返ると、無言でカップの破片を手渡した。それから改めてクラウスのほうを向き、両手でスカートの裾を摘まみ上げる。その後は流れるような動作で片足を後ろに引き、クラウスに向かって深々と頭を下げた。

「そうとは知らず、失礼なことを申し上げました。大変申し訳ございません」

直前までの嘲るような口調から一転、声が深刻さを帯びた。床に跪(ひざまず)かんばかりに膝を折り、深く深く頭を下げる。

クラウスが席を立つ気配がしたが、フィオナは顔を上げることなく床を見詰めて口を開く。

「私にも、王都に大切な友がおりました。もしも彼女からもらったものをそんなふうに壊してしまえば、きっと心まで粉々になっていたでしょう。唯一無二のカップを割ってしまい申し訳ありません。どのような罰もお受けします」

「フィ、フィオナ様……！」

焦ったような声を上げたリズに横目を向け、「貴女は部屋に戻りなさい」とフィオナは命じる。リズは何か言いたげな顔をしたものの、すぐにクラウスからも「君は外へ」と言われてしまい、後ろ髪を引かれるような顔で部屋を出ていった。

リズが部屋から出ていくと、目の前にクラウスが立った。

「まずは顔を上げてください」

穏やかな声で促され、下げていた頭をゆっくりと上げる。見上げれば、落ち着き払った表情のクラウスと目が合った。

先日会ったときと同じく、クラウスは白いシャツに黒いズボンを穿いて、足元はブーツだ。普段はいつもこの格好で過ごしているらしい。動きやすさを重視しているのだろう。

クラウスは怒るどころか目元に笑みを滲ませ、身を翻して机のほうへ向かった。

「こちらへ来て、窓辺に立ってもらえますか」

机の横を通り過ぎ、クラウスは窓の前でフィオナを振り返る。

言われるままフィオナも窓に近づいた。天井近くまである大きな窓だ。クラウスが無言で窓の外に目を向けたので、フィオナもそれに倣って眼下に視線を向ける。

二階にある書斎の窓からは庭の様子がよく見えた。風が吹くたび庭木が揺れる。庭の端に行くほど木々はまばらになって、白い屋根の東屋が建っている辺りはかなり見通しがいい。目を凝らせば、東屋の下に置かれたテーブルと椅子も見えた。

つい先程まで自分たちがあそこにいたのだ、と思い、フィオナは軽く息を呑んだ。

まさかと思いクラウスを振り仰げば、こちらを見ていたクラウスと目が合う。

「仕事中、気分転換に庭を眺めることがあるんです。ここからだと、東屋の下の様子もよく見えるでしょう」

絶句して返事ができない。まさかクラウスはここから東屋の様子を見ていたのか。東屋までは少しばかり距離があるが、目を眇めればそこで誰がどんな行動をとっていたか見定めるのは容易かったはずだ。

押し黙るフィオナを見下ろし、クラウスは静かな声で問う。

「本当に、貴女がカップを割ったのですか？」

やはり、クラウスはリズがカップを割ったことに気づいているようだ。しかし今更自分の言葉を撤回することはできない。このままでは、リズが自分の失敗を主人に押しつけたことになってしまう。

フィオナは迷いを振り切って、先程の殊勝な謝罪が嘘のようにツンと顎を上げて見せた。

「ええ、もちろんです。私が割りました」

「そうですか。私には、あの侍女が割ったように見えましたが……」

「見間違いでは？　ここから東屋までは距離もありますし」

「あの侍女が泣いているように見えました。彼女をかばっているのでは？」

「どうして私がそんなことを」

一度ついた嘘を撤回することもできず、フィオナは居丈高に言い放った。

「私がやったと言っているんです。それでいいでしょう」

クラウスはフィオナを見詰め、困ったように眉を下げる。すでにフィオナがリズをかばっていると確信しているようだが、その理由までは思い当たらないようだ。

「貴方はあの侍女に、何か弱みでも握られているのですか？」

「よ、弱み？　まさか、侍女ごときにそんな……」

「でしょうね。では逆に、あの侍女の弱みを握って何か企んでいる、ということは？」

人をなんだと思っているのだ、と思う一方、そういう誤解を受けるような振る舞いをしてきた自分が悪いのだろうとも思う。単純にフィオナがリズに同情して、下心もなくその失敗を引き受けようとしているなんて夢にも思わないのだろう。

「とにかく、カップを割ったのは私です。お好きに処分なさってください」

話を切り上げるべく言い放つと、クラウスの眉が微かに動いた。

「好きに？」

「ええ。実家に帰すなり鞭で打つなり、お好きにどうぞ」

できればこのまま家に帰してくれるのが一番なのだが。そんなことを思っていたら、クラウスが急に身を屈めてきた。互いの顔が近づいて、うっかり後ろにのけ反りそうになる。

「そうですか。好きにしていいと……」

クラウスの声が低くなり、後ずさりそうになるのをこらえてその場に踏みとどまった。

「へ、辺境伯のお気の済むようになさってください。抵抗はいたしません」

クラウスはじりじりとフィオナに顔を近づけ、ゆっくりと瞬きをする。

「では、まずひとつこちらの要求を呑んでいただきたい」

なんでしょう、と返す声が掠れてしまった。いったいどんな要求を突きつけられるのだろう。身構えるフィオナに、クラウスは吐息の交じる低い声で言った。

「そろそろ名前で呼んでもらえませんか。辺境伯ではなく、クラウスと」

硬い表情でクラウスを見上げていたフィオナは、予想外の要求に目を丸くする。真剣な顔で何を言うかと思えば、そんなことか。

「ク……クラウス様、で……よろしいですか」

「ええ、そうしてください。未来の妻に名前も呼んでもらえないのは淋しいので」

「妻？」

うっかり声が裏返った。クラウスは口元に笑みを浮かべ、「そうですよ」と頷く。

「夫婦になるのですから、嘘や隠し事はやめましょう。あのカップは、貴女が割ったわけではありませんね？」

妻と言われてうろたえたが、後に続いた言葉でその真意がわからなくなった。クラウスは本気で自分と夫婦になろうとしているのか、はたまたフィオナの口を割らせるための方便か。

後者であるような気がして、フィオナはますます頑なになる。

「私が割ったんです。これ以上お話することはありません」

「では、本当に貴女が罰を受けますか？」

「どうぞ、ご随意に」

顎を上げてクラウスを見返す。緊張を隠そうとしたら睨むような顔になってしまった。

クラウスは小さな溜息をついて片手を上げる。殴られるのかと奥歯を噛んだが、どうもそんな様子ではない。フィオナの顔の高さまで手を上げたはいいが、拳を固めるわけでもなく、それ以上高く振り上げるでもなく、ふわふわと宙に浮かべたままだ。

ようやく指先が伸びてきたと思ったら、フィオナの頬に触れる直前でまた手を引いてしまう。触るのが怖い、とでも言いたげな様子だ。

こちらに手を伸ばしたり引っ込めたりしているクラウスを見上げ、フィオナは眉間に皺を寄せた。罰を受けるのはフィオナなのに、これではクラウスのほうが何某(なにがし)かの罰を受けているようだ。元来気の長い性格でもなく、ふらふらしているクラウスの手を自ら掴むと、ぐっと自分のほうに引き寄せた。

「気に食わないのなら打ってくださって構いません。さあ、お好きになさってください」

大きな手を掴んで力任せに引っ張ると、不意を打たれたのかクラウスが前によろけた。

広い胸が迫ってきて後ろに下がれば、背中に壁がぶつかった。壁とクラウスの間に挟まれる格好になり、互いの体がかつてなく近づく。

目を丸くしたクラウスを見た瞬間、さすがに我に返った。

男性の手を握って引き寄せ、己を打てと迫ってくる淑女なんて聞いたこともない。急にクラウスの手を掴んでいるのが恥ずかしくなって、慌てて手を離そうとしたら逆にその手を捕らわれた。

「あ……っ」

小さく声を上げると、ぴくりとクラウスの肩が跳ねた。一瞬フィオナから手を引くような素振りを見せたが、思い直したようにそろそろと指先に力を込めてくる。

目の前にあるクラウスの喉仏が大きく上下したのを見て、恐る恐るその顔に視線を向けた。クラウスは緊張しきった顔で自身の手に視線を注いでいた。少し力加減を間違えたら、卵の殻か何かのようにフィオナの骨が砕けるとでも思っているような顔だ。あまりにも真剣なので、フィオナまで固唾を呑んでその姿を見守ってしまったほどである。

どうにかこうにかフィオナの手を握ったクラウスは、ほっと息を吐くとようやくこちらに視線を向けた。少しばかり疲れた顔で、フィオナを見詰めて微かに笑う。

「……いけませんよ、軽々しく好きにしろなどと口走るのは」

低く掠れた声にどきりとした。いつもより距離が近いせいか、声が肌に響くようだ。つないだ手からゆるゆると体温が伝わってくる。

「か、軽々しく言ったわけでは、ありません……」

かろうじてそう言い返すと、クラウスがもう一方の手を壁について身を乗り出してきた。

フィオナは少しでも壁に背中を沿わせようと無意識に踵を浮かせ、結果として視線より高い所にあるクラウスの顔に自ら顔を近づけることになってしまう。

目の前でクラウスが笑う。吐息が前髪を揺らして息を呑んだ。

「そんなことを言うと、本当に好き勝手されてしまいますよ」

今やクラウスの声は囁くようだ。吐息に乗せた声がしっかりと耳に届くのは、それだけ互いの距離が近いからに他ならない。

「ば……罰を受ける覚悟は、できております……」

自然とフィオナの声も小さくなった。緊張で呼吸が浅くなる。

ここまで来るともう強情を張り続けることしかできない。本当のことを言うチャンスも、謝って逃がしてもらう機会も逃してしまい、せめて俯かないように必死だ。

クラウスはさらに身を屈めると、フィオナの髪にそっと唇を寄せた。

思わぬ行為に驚いて肩を跳ね上げてしまった。すぐに唇は離れ、クラウスが笑いを噛み殺した顔を向けてくる。

「本当に覚悟はできていますか？」

キスひとつで体をびくつかせてしまったことをからかわれたようで、フィオナはぎゅっと唇を引き結んだ。もちろんです、と答える代わりに小さく頷く。声は出せなかった。心臓が大きく脈打って、声まで震わせてしまいそうだったからだ。

クラウスは軽く眉を上げると、本当かな、と言いたげに小首を傾げて再びフィオナの髪に唇を寄せてきた。同じ場所に唇が降ってくることを予想していたので、今度は無駄にびくつかずに済んだ。ほっと胸を撫で下ろしたものの、クラウスの唇はそのまますするすると移動して、髪の上からフィオナの耳に触れる。

耳の襞に吐息がかかってくすぐったい。肩を竦めるとクラウスの唇が髪を掻き分けてきた。耳の端にそっとキスをされる。

「ん……っ」

喉の奥で声を殺したが、きっとクラウスには聞こえてしまっただろう。声にならない笑い声がふっと耳を掠めた。

「……本当に抵抗しないんですか？」

耳元で囁かれて背筋を震わせる。無言で頷くと、クラウスがゆっくりと背中を曲げた。耳に触れていた唇がさらに下がって、垂らした髪の上から首筋に押し当てられる。

首から耳に一気に熱が集まった。髪に遮られているので唇の感触は曖昧だが、その隙間から吹き込んでくる吐息は生々しい。どうしていいかわからず縋りつくように握りしめたのは、まだつないだままだったクラウスの手だ。

自分を追い詰めている相手に助けを求めるような真似をしてしまい、慌てて指の力を抜く。クラウスもそれに気づいたのか、小さく背中を震わせて笑った。首筋を低い笑い声が撫で、今度はクラウスのほうが指先に力を込めてフィオナの手を握ってくる。

相変わらず遠慮がちな弱い力だが、重たくて厚い掌に包み込まれると指先一本動かせなくなる。クラウスの手の大きさを感じてしまって心臓が落ち着かない。

首筋に寄せられた唇が下降して、そっと鎖骨に触れてくる。今度は髪の上からではなく、直接肌に唇が触れてひと際大きく心臓が跳ねた。

忙しなく胸が上下して息が苦しい。唇を噛んでも呼吸が乱れるのを隠せない。一度は指先から力を抜いたのに、気がつけばまたクラウスの手を握りしめている。

クラウスはもうそのことをからかうこともなく、ただしっかりとフィオナの手を握り返して鎖骨に軽く歯を立てた。痛くはないが、硬い感触に身を固くする。

クラウスは屈めていた身を起こすと、フィオナの首元を見て薄く目を細めた。

「……こうして見ると、貴女は本当に肌が白い」

感心したように呟かれ、フィオナも恐る恐る自分の胸元に目を落とした。

フィオナが今日着ているドレスは胸元がすっきりと開いていて、鎖骨とデコルテがよく見える。そこは真夏の日差しに焼かれた後のように真っ赤になっていた。

「こんなところまで赤くなってしまうんですね」

壁についていた手を外し、クラウスがフィオナの鎖骨の下をするりと指先で撫でる。それだけでざわざわと肌の下がさざめいて息を詰めた。

クラウスは鎖骨の下を何度か撫でると、その指でフィオナの首にかかる髪を後ろに払った。その拍子に首筋に指が触れて、またしても肌が震える。

クラウスの指はするすると動いて耳の後ろに回り、またゆっくりと首筋に滑り落ちる。まるで傷みやすい桃の実でも撫でるような触れ方だ。それでいてしっかりとフィオナの肌に体温を残していく。指で辿（たど）られた場所が熱い。

クラウスはフィオナより体温が高いのか、触れる指先も、目の前に迫る大きな体も熱を発しているようだ。近くにいるだけなのに肌に薄く汗が浮く。

しっとりと湿ったフィオナの首筋から鎖骨に指を戻し、クラウスはデコルテに指を滑らせる。その指が、ドレスの縁にかかった。

ドレスの下の肌を異性に触れさせた経験はなく、さすがに体が強張った。クラウスもそれに気づいたのだろう。ドレスの胸元に指を引っかけたまま動きを止める。

「……カップを割ったのは？」

瞬きの音すら聞こえそうな至近距離で囁かれ、唇に息が触れた。胸の内側で子兎（こうさぎ）のように心臓が跳ねて苦しい。最後通告だとわかっていたのに、フィオナは答えを変えなかった。

「わ……私、です」

一度はかばったリズを見放すわけにはいかない。そんな使命感に突き動かされて答えれば、クラウスが苦笑めいた表情を浮かべた。頑是ない子供を見守る大人のような顔だ。

なんだか急に自分のやっていることが恥ずかしくなって唇を噛んだら、ドレスの胸元で止まっていたクラウスの手が動いた。

大きな掌が、服の上から胸の膨らみに触れる。相変わらず指先に力はこもっておらず、体のラインに掌を沿わせるような動きだ。フィオナの肌の柔らかさを楽しんでいるのか、はたまた仕立てのいいドレスの手触りを確かめているのか判断がつかない。

うろたえてクラウスに目を向ければ、胸まで滑り落ちた手が止まった。こちらを見下ろす目が微かに細められる。反省したかと問うような表情だが、これがクラウスの言う罰なのだろうか。

だとしたら、何をされても耐えるのみだ。フィオナは強い眼差しでクラウスを見上げる。

その顔を見下ろして、クラウスは溜息に苦笑を溶かすように笑った。

「困った人ですね」

「……今頃お気づきになられましたか」

声の震えに気づかれぬよう声を低くして言い返せば、クラウスに肩を揺らして笑われた。この期に及んで言い返してくるフィオナを面白がっているらしい。

「意志の強い女性は魅力的だと思いますよ」

囁いて、止まっていた手を再び動かす。服の上から胸の丸みを辿るように手を動かされて息が詰まった。薄い布の上からクラウスの掌の温度がしみ込んでくるようだ。大きな手で胸を包まれ、心臓が信じられないほどの早鐘を打つ。クラウスにも鼓動が伝わっているだろう

「……っ、ぁ……っ」

か。

「……んっ」

指先が胸の頂きに触れ、小さな声を漏らしてしまった。クラウスもそれに気づいたのか、一度は通り過ぎた指が戻ってきてすりすりと敏感な場所を撫でる。

ひく、とフィオナの喉が震えた。クラウスは相変わらずほとんど手に力を入れておらず、指先も子猫の額を撫でるように優しい。それなのに、胸の突起に指先が掠めただけで背筋から腰にざわざわと震えが走った。

(な……何、これは……)

息が乱れる。指先で繰り返し胸の先端を撫でられ、大きな手でゆったりと胸を押し包まれると何度でも体に震えが走った。短い息に声が混じって、必死で唇を噛む。

「ん……、ん」

やわやわとフィオナの胸に触れていたクラウスが、耳元に唇を寄せてきた。吐息で髪を掻き分け、耳朶にそっと唇を触れさせて囁く。

「こんなふうに気持ちのいいことをしているときも、貴女は顔を顰めるんですね」

低い声と、耳にキスをする濡れた音。そんなものにまた背筋を震わせながら、気持ちのいいこと、と胸の中で繰り返す。これは気持ちがいいことなのか。

フィオナは男女の睦み合いについてよく知らない。子供を作るために必要なことだということくらいは知っているが、何をどうするのかは漠然としかわからない状態だ。わからなくとも、そのときがくれば夫となる相手にすべて委ねればいいのだから問題ないと聞かされていた。

それほど性に対して無知なので自分の体の反応もすぐには理解できなかったが、クラウスの言葉で遅れて自覚した。背中から腰にかけて走る震えは、快感によるものであったらしい。

（……気持ちが、いい）

理解した途端、かぁっと顔が熱くなった。

はしたない。嫁入り前の娘が。いや、もう嫁入りはしたのか。違う、婚約中のようなものだ。挙式もまだなのにこんなことをして、あまつさえ感じ入って震えているなんて。客観的に自分の状態を顧みたら、耳まで燃えるように熱くなった。

フィオナの耳元に唇を寄せていたクラウスが顔を上げ、驚いたように目を見開く。少し目を離した隙に、フィオナが熟れたリンゴのように顔中赤くしていたからだろう。

クラウスはまじまじとフィオナの顔を見詰め、その顎に手を添えた。

そっと指先に力がかかって上向かされそうになる。顔を背けようとすると、初めて少し強い力で顎を捕らわれた。

見上げれば、クラウスはもう聞き分けのない子供を見守るような笑みを浮かべていなかった。何か思いもかけないものを見つけたような表情で、一心にフィオナを見詰めている。

クラウスの顔が近づいて、あっと思ったときにはキスで唇をふさがれていた。

柔らかな唇が重なって、離れる。

フィオナは身じろぎもできず、離れていくクラウスの顔を見上げる。顔が赤くなっているのはわかっていたが、隠すことも忘れた。

愕然と目を見開くフィオナに気づくと、クラウスは目元にぎゅっと笑い皺を寄せて再び唇を重ねてきた。今度はすぐに離れず、柔らかく唇を吸い上げられる。

「……っ、ぁ……」

合わせた唇の隙間から小さな声が漏れた。舌先でそっと下唇を舐められて体がびくつく。片手はまだクラウスとつないだままだ。握りしめたクラウスの手もしっとりと濡れていた。濡れた唇をまた吸われ、唇の隙間を舌先で辿られる。とろりとした感触にうっかり唇を緩めれば、隙間から熱い舌が忍び込んだ。

「ん……ぅ」

一度侵入を許してしまえば、もう押し返す術などない。肉厚な舌が歯列を割って、怯えて縮こまるフィオナの舌を優しく搦め捕る。

濡れた音を立てて舌を舐められ、背筋に震えが走った。

これも気持ちがいいことなのだろうか。よくわからない。クラウスの舌に翻弄される。舌を絡ませ、甘く吸い、ときどき唇に噛みつかれて身を震わせた。甘噛みをされた後、詫びるように舐められ、吸い上げられて、飽きもせずまた口の中を蹂躙(じゅうりん)される。

呼吸が途切れて頭に霞(かすみ)がかかる。互いの唇の隙間から漏れる息が熱い。

フィオナに触れる手は慎重すぎるくらい慎重で、壊れ物でも扱うようなのに、キスは案外荒々しい。息を奪うようなそれに睫毛(まつげ)の先を震わせた。苦しい。でも嫌ではない。

これも気持ちがいいことなのだ、とわかってしまったその瞬間、壁に背中をつけてなんとか立っていたフィオナの腰がガクンと落ちた。

互いの唇が離れ、クラウスがとっさにフィオナの腰に腕を回す。一息で抱き上げられ、床から爪先が浮くほどの力に驚いた。

クラウスも思いがけず軽いフィオナの体に驚いたのか、ハッとしたようにフィオナの腰に回していた腕をほどいて壁際から一歩離れた。

フィオナは壁に背中をつけ、息を弾ませてクラウスを見上げる。

きっと今、自分はひどい姿をしている。顔も耳も、胸すら赤く染め上げて、背筋を伸ばすこともできず小さく震えるばかりだ。クラウスの顔が少し滲んで見えるので、目にも涙が浮かんでいるのかもしれない。こちらを見下ろしてくるクラウスも狼狽(ろうばい)したような顔だった。

フィオナは何度も瞬きをして潤んだ目をごまかすと、乱れた髪を手で撫でつける。まだ心臓は早鐘を打っているし、足も震えている。クラウスの顔を正面から見ることはできず、俯いたまま呟いた。

「……これが、罰ですか」

体を触られ、キスをされた。まだ正式に夫になっていない男性に。

クラウスは短く沈黙した後、ええ、と低い声で応じる。

「……ひどい罰でしょう。華やかな王都にいた貴女が、こんな冴えない男に好き勝手されるなんて」

自嘲を混ぜたその言葉に、フィオナは何も言い返すことができなかった。

どんな罰でも受けると大見栄を切っておいて、こんなふうに震えている自分が情けない。

何よりも、クラウスにとっては単なる罰でしかない行為に対して、ほんの少しの愉悦を覚えてしまった自分に恥じ入った。

フィオナは唇を噛むと、己を奮い立たせて壁から離れた。きちんと背を伸ばせている自信はなかったが、クラウスに軽く礼をしてその傍らを通り過ぎる。

まだ膝を震わせながらも、よろけることなく部屋を出たのはフィオナの意地だ。一歩足を踏み出すごとに、直前まで体を包んでいた熱が冷えていく。

廊下に出たフィオナは強く唇を噛み、気丈にも顔を上げて自室に向かった。

もしもクラウスが追いかけてきたら走ってでも逃げるつもりだったが、クラウスは追いかけてくるどころか、書斎の扉を開けることすらしなかった。そのことに安堵する半面、放り捨てられたような淋しさも感じるのはなぜだろう。ひとりで廊下を歩いているのが耐えられなくなって、無意識に歩みを速める。

不可解に色を変える自分の心に困惑して、フィオナはほとんど駆け込むように自室に飛び込んだ。

＊＊＊

一ヶ月近く前、フィオナは真夜中にこの城にやってきた。それも大雨の中を。

おかげで周辺の村人たちは王都からやってきた豪華な馬車も、それに乗るフィオナのことも見ていないはずなのだが、それでも噂は広まるものだ。

「民たちの間では、旦那様の婚礼がいつになるかという噂で持ちきりですよ」

領民たちから日々申し立てられる要求や報告をまとめた資料に書斎で目を通していると、執事がついでのように言い添えた。

クラウスはちらりと目を上げ、机を挟んで向かいに立つ執事を見遣る。執事は無表情だが、この状況をどうするつもりかと問われていることは痛いほどわかった。

「……彼女を城の外に出したことはないのに、どうして噂は広まるのだろうな」

「お姿が見えないからこそ余計に好奇心をそそられるのでしょう。王都からいらしたご令嬢を一目見ようと、最近城の周りをうろうろする者までおります」

「それは困った。春には彼女を王都に帰すつもりでいるのに」

クラウスは書類に視線を落として答える。

執事はすぐに言葉を返さず、クラウスの顔をとっくりと眺めてからようやく口を開いた。

「そのおつもりなら、春を待たずに今すぐ王都へ送り帰してはいかがですか？　婚礼で振舞われる料理を期待している民たちが哀れではありませんか」

「もう三度も祝い酒を振る舞ったのに、四度目を期待しているのか」

城主の結婚式には城を解放し、中庭に民を招いて料理を振る舞うのが習わしだ。それがゆえに、民たちにとって城主の結婚は何度目だろうとめでたく、待ち遠しいことなのだろう。

「皆の期待を裏切ってしまうのは申し訳ないが、これぱかりはな……。それより、治水工事を急がせよう。また大雨が降って川が溢れては困る」

かしこまりました、と返事をして執事は部屋を出ていこうとしたが、途中で思い直したように足を止めた。

「繰り返しになってしまいますが、本格的な冬が来て、雪で王都に戻れなくなる前にフィオナ様をご実家にお送りするのもよろしいのでは？　春まで城に閉じ込めておくのも酷でしょう」

クラウスは書類に目を落としたまま、ああ、と頷く。執事もそれ以上言葉を重ねることはなく部屋を出ていった。

扉が閉まり執事の足音が聞こえなくなると、クラウスは溜息をついて椅子の背に凭れた。

これまでフィオナのことについてほとんど言及してこなかった執事が急にあんなことを言いだしたのは、ここ数日フィオナが自室にこもって出てこないからだろう。

前から部屋にこもりがちではあったが今回は徹底している。これまでは外から侍女に呼びかけられれば中に招き入れていたそうだが、今は扉を開くことすらしないらしい。身の回りの世話を手伝う侍女をひとりだけ部屋に入れ、他の侍女は一切部屋に入れないそうだ。部屋に運び込まれる食事にもほとんど手をつけていないらしく、まさか病に臥せっているのではと侍女たちもざわつき始めていた。

(病……ではないだろうな)

腹の上で手を組んで天井を見上げる。身に覚えがあるだけにいたたまれない。

フィオナが侍女たちにすら部屋の扉を開けなくなったのは、彼女がこの書斎に現れた直後からだ。割れたカップを持ってきたフィオナに自分が何をしたのか思い出せば、両手で顔を覆って項垂れるしかない。

フィオナには傷ひとつつけずに王都へ送り返すつもりでいた。手を出すつもりなどなかったのに、どうしてあんなことをしてしまったのだろう。

(あんな……予想外の行動に出られたからつい……)

つい、などという言葉で済まされるわけもない。自己嫌悪に苛まれて低く呻く。

最初はただ、純粋に驚いたのだ。

書斎からは庭の東屋がよく見える。仕事の合間にふと窓の外を眺めたクラウスは、赤毛の侍女がカップを取り落とすシーンをたまたま目撃した。東屋にはフィオナの姿もある。二人はしばらく何事か話し込んで、やがて書斎にやってきた。

てっきりフィオナが侍女の失敗を言いつけに来たのだと思った。それなのに、侍女の失敗を自らの失敗として報告してきたので啞然としたのだ。

侍女を懐柔してよからぬことを企んでいるのではと思い至り、少しばかり動揺させるつもりで友人からもらったカップだと言ってみた。ただのカップではなく、自分が大切にしているものだと知ればさすがに前言を撤回すると思ったのだ。そこまでして侍女をかばうはずもないと。

案の定フィオナはさっと顔色を変えたが、その後の反応は想定していたものとまるで違った。カップを割ったのは侍女だと打ち明けるどころか、床に膝をつかんばかりに頭を下げて、クラウスに誠心誠意の謝罪をしてみせた。

まさかあんなにも深い謝罪を受けるとは思わなかった。本気で謝られてしまった後では、友人からもらったものでもなんでもない、ただの古いカップだとはもう言い出せなかった。

（……気位の高いわがまま姫じゃなかったのか？）

王都に流れる噂とは異なり、フィオナは自分の非を認めればきちんと相手に謝罪ができ、侍女をかばう優しさもある。しかし何より驚いたのは、うっかり壁際に追い詰めた後の反応だ。

三人の婚約者を手玉に取り、他の男とも密通していたという噂のあるフィオナだ。男あしらいなど熟知しているだろうし、少しからかってみるだけのつもりだった。髪にキスなどしたら、いつものように強気にはねつけてくるだろうと期待して。

侍女をかばったのは何か企みがあってのことではとまだ少し疑っていたこともあり、興奮して口を滑らせてくれないかと思ったのだが、まさかあんな反応が返ってくるとは。

思い出し、クラウスは片手で口元を覆う。

(なんだったんだ、あの初々しい反応は……)

顔を真っ赤にして涙目でこちらを睨むフィオナに動揺したのは、クラウスのほうだ。必死で強気の姿勢を保っているものの、体の震えは隠せていなかった。きつい視線でクラウスを威嚇するくせに、小さな手は縋りつくようにこの手を握りしめてくる。

なんとも庇護欲をそそられる姿に眩暈すら感じた。直前まで冷笑を浮かべて憎まれ口を叩いていた人物とは思えない。目の前で震える小さな体、赤い頬、ほっそりとした首筋と色づいた胸元に誘われて、ついふらふらと手を伸ばしてしまった。

ブロンドの髪は絹のように滑らかだった。服の上からでもわかる豊かな胸は柔らかく、その下で心臓がこれ以上ないくらい速く脈打っているのが伝わってきてこちらまで緊張した。

唇も柔らかかった。キスを交わしながら、甘い果物でも食べている気分になったことを思い出し、駄目だ、と勢いよく身を起こす。

結婚するつもりもないのに手を出すなんて不誠実なことこの上ない。わかっているのに夢中になってしまった。年甲斐もなく。

机に肘をつき、片手で顔を覆う。

三人目の妻と別れてからもう五年。長く女っ気がなかったから暴走してしまった、というわけではない。女性に気安く手を伸ばせないのは相変わらずだ。華奢な体は少し力を加えただけでも折れてしまいそうで怖い。

それなのに、フィオナにだけは自ら手を伸ばしてしまった。先にフィオナのほうがこちらの手を摑んできたから、などと言っては言い訳になるだろうか。

顔を覆う手を離し、じっと己の掌を見下ろした。普段から剣を握っている手は分厚くて硬い。この手をフィオナは、ためらいもなく強い力で摑んできた。

庭先でも物怖（ものお）じせずに手を握られて驚いたが、書斎では力強く引き寄せられてさらに驚いた。不意打ちに対処できず体がぐらついたほどだ。あんなにも細い体をしているくせに、案外と力がある。

これまでクラウスは女性に触れるとき、手の中に小鳥を握り込んでいるような気分になることが多かった。力加減を間違えれば、あっさりと翼が折れてしまう。

けれどフィオナは、小鳥よりもっと丈夫でしなやかな子猫を思わせる。こちらが近づくと毛を逆立てて威嚇してくるのが可愛くて、常にないことに自ら手を伸ばし追いかけてしまった。

クラウスに手を出されても、フィオナならこちらの手を引っ掻いて平然とそっぽを向くだろうと思っていた。それがまさか、引きこもって食事もろくに食べなくなってしまうなんて。

（……どうしたものか）

机の上に投げ出した手を力なく握ったり開いたりする。執事の言う通り、早めに王都に帰すべきか。雪が降っては馬車を出すことも難しくなる。冬の間この城にフィオナを閉じ込め、本格的に体調を崩されてはエドモンドにも申し訳が立たない。

（しかし、今王都に帰してもまだ噂は消えていないだろうし……）

口の中で呟いて、クラウスはまた溜息をつく。

フィオナを案じているようでいて、実際はフィオナを王都に帰すのが惜しくなっているだけだ。なんのかんのと理由をつけてこの城に留めようとしている。長年クラウスに仕えている執事は、それに気づいたからこそあんな進言をしてきたのだろう。

（……春まで待ったところで、彼女が私の妻になりたがるわけもないのに）

これ以上フィオナを城に置いていたら、手放せなくなるのは自分のほうだ。

ならばいっそ、今からでも本気でフィオナを娶るべく行動に移すべきか。正面からはっきりと拒絶されることも覚悟の上で、頻々とフィオナに声をかけ、妻になってほしいと膝をついて乞うべきか。

考えて、クラウスは眉間の皺を深くする。

フィオナの前で膝をつくのは構わない。だが、問題は実際に結婚した後だ。最初の妻と結婚したときのようにならないとどうして断言できるだろう。

ベッドの上にぐったりと横たわり、熱にあえいでいた妻の姿が忘れられない。あのときの血の気が引くような思いをもう一度体験するのかと思うと二の足を踏んだ。

（結局、私が臆病なのが一番の問題だな……）

フィオナを手放すことも、無理やり手元に引き留めておくこともできない。

どうしたものかと、クラウスは沈痛な面持ちで眉間を揉んだ。

＊＊＊

三回目の婚約破棄の後、王都に根も葉もない噂が流れた。フィオナが三人の婚約者を手玉に取った挙句、他の異性とも関係を持っていた、というものだ。

事実無根であったが、否定したところで耳を傾けてくれる人はいない。噂に求められるのは正しさよりも面白さだ。こんな噂が流れた以上結婚は諦め、修道院に入ろう。そう思っていたのに父親が無理やり結婚話をねじ込んできて、この辺境の地へやってきた。王都から去る直前は、陰で噂話に興じる人々をこれ以上面白がらせるのが癪で胸を張っていた。この城に来てからは、とにかく結婚を破談にするために必死だった。

知らぬ間に、心労が体を蝕んでいたのだろう。

書斎でクラウスからキスをされた後、フィオナはすぐに熱を出した。これ以上の負荷には耐えられないと、体のほうが悲鳴を上げたかのようだった。

発熱している間、そばにいたのはリズだけだ。リズは他の侍女にも知らせようとしたが、フィオナが止めた。これまでさんざん冷たい態度をとっていた侍女たちにこんなときばかり頼るのは申し訳なかったからだ。

リズは言われるまま、たったひとりでフィオナの看病をしてくれた。不器用なリズにどんな看病をされても文句は言うまいと覚悟していたが、予想に反して手馴れた様子でフィオナの面倒を見てくれた。なんでも弟たちも熱を出しやすい体質らしく、看病は慣れっこだそうだ。

リズの献身的な手当てのおかげで、三日も経つとすっかり熱は引いた。

しかし、その後もフィオナはなかなかベッドから出ることができなかった。書斎で起きたことを思い出すとまた熱が上がったようになって体を起こしていられなくなるからだ。

今日も今日とて部屋に運ばれてきた夕食を半分近く残してリズに下げさせ、フィオナは力なくベッドに倒れ込んだ。

(まさかあんな返り討ちに遭うなんて……)

どんな罰でも受けるなどと言っておきながら、最後は腰を抜かしてしまった自分を思い出すと羞恥で体が燃え上がる。

きつく眉を寄せて呻いているとリズが戻ってきた。ベッドの上で丸まっているフィオナに気づき、慌てて駆け寄ってくる。

「フィオナ様……！　お加減がよろしくないのですか？　まさかまた熱が……！」

「……いえ、違うわ。気にしないでちょうだい……」

リズはフィオナがクラウスと書斎で二人きりになってから急に様子がおかしくなったことを知っている。書斎で何があったのかまでは察していないようだが、フィオナがクラウスからひどい折檻(せっかん)を受けたと思い込んでいるらしい。沈鬱な面持ちでベッドに横たわるフィオナを見て、思い詰めた顔で呟いた。

「もう何日もお食事すらまともに召し上がれないなんて……そんなにひどいことを旦那様からされたんですか？　だったら私、やっぱり本当のことをお伝えしないと……！」

失敗をかばわれて以来リズはすっかりフィオナに懐いてしまって、今やフィオナのためなら城の主にすら物申しに行くのも辞さない勢いだ。本気で立ち上がりかけたリズのスカートを慌てて引っ張り、ベッドの脇に引き戻す。

「いいのよ、大丈夫、クラウス様にひどいことをされたわけではないの」

「ですが、もう何日も臥せったままで……」

「王都からこちらに来たばかりで疲れが溜まっていただけよ。気にしないで」

本当ですか？　と心配顔で尋ねられ、弱々しく頷く。

嘘ではない。クラウスの仕打ちが心底嫌で起き上がれないわけではない。

クラウスは端からフィオナの嘘を見抜いていて、それを見逃す代わりに罰と称してあんなことをしたのだろう。二度と同じことはしないようにという戒めも込めて。

けれど、罰というにはあまりにもクラウスの指先は優しかった。罰ならもっと乱暴にしてくれればいいものを、強引に腕を摑まれることも、肩を押さえられることもなかった。

肌の上をするすると撫でる指先や、その後をなぞるように押しつけられた唇の感触は鳥の羽に似た軽やかさで、思い出しても嫌悪感は湧いてこない。こちらを見詰める瞳は少しだけ笑みを含んで、耳元で囁かれる声は甘かった。

唇を奪われたときは息まで一緒に吸い上げられるかと思ったけれど、それすらも嫌ではなかったのだ。初めてのことで驚いたし、どうすればいいかわからなかったけれど、怖いとも思わなかった。最後までクラウスが手を握っていてくれたからだと思う。

フィオナが爪を立てるほど強く縋りついても、クラウスの手はどっしりとそれを受け止めてくれて、安心した。

あれが罰なのだろうか。あんなに優しく触れられたのに。

（……あの人にとっては罰を与えたというより、からかったというほうが近いのかしら）

クラウスから見ればフィオナなどほんの子供にしか見えないだろう。同じ年の娘がいたっておかしくない年齢なのだ。

（私の他に三人も奥様がいたのだし、女性の扱いには慣れているのよね……。気まぐれにからかわれて、でも私が木偶のように突っ立ったままだったから……きっと、つまらない子供だと思われたんだわ）

クラウスにキスをされたことより、あのときクラウスが何を思っていたのか考えている今の時間のほうがずっと罰にふさわしいと思った。女性経験が豊富なクラウスに、退屈な娘だと思われたのだと想像するだけで胸がふさがれる。

（……どうしてこんなに苦しいの？）

わからずに切れ切れの息を吐く。クラウスの前で上手く振る舞えなかった自分が許せないのか。あるいは悔しいのか。

恥ずかしいのは間違いない。次にクラウスと顔を合わせたとき、どんな顔をされるのか考えると怖くもあった。興味もなさそうな顔で一瞥されたらと想像すると息が詰まる。胸を重く湿らせるこの感情は、悲しさや、淋しさや、そういうものではなかったか。

「……フィオナ様？　どこか苦しいのですか？」

無意識にきつく眉根を寄せていたらしい。リズが気遣わしげに尋ねてくる。

あまり心配させるのも申し訳なく、フィオナはベッドから足を下ろした。

「大丈夫よ。何か、温かいお茶でも飲みましょうか」

「はい！　お任せください！」

リズはいそいそと立ち上がると、すぐに紅茶の支度をする。最初こそ覚束ない手つきだったが、フィオナが熱心に指導をしたおかげで今や紅茶を淹れる手つきも危なげない。

話し相手もいないので、紅茶を飲むときはリズも一緒に飲むようになっていた。他の侍女に見られたら「主人と侍女が同じ紅茶を飲むなんて」と眉を顰められるかもしれず、これもリズ以外の侍女を部屋に入れていない理由のひとつだ。

ベッドの近くに引き寄せた小さなテーブルにカップを置き、フィオナはベッドの縁に、リズは椅子に座って紅茶を飲む。カップに口を寄せながら、リズは遠慮がちに言った。

「フィオナ様……やっぱり私は、旦那様に本当のことを言おうと思います。フィオナ様が叱られる理由なんて何ひとつないんですから。私のせいでこんなことになって、本当に心苦しく思っているんです」

フィオナもカップに口をつけ、いいのよ、と笑う。

「私が勝手にやったことだもの。気にしないで」

「でも、そのせいで旦那様にひどく叱られたんですよね……？」

「叱られた……というわけではなくて、注意を受けただけ。でもいいの、これまでクラウス様に対して生意気な口を利いていた私が悪いんだから。貴女だって見たでしょう、私がクラウス様に対してどんな態度をとっていたか」

自業自得だわ、と肩を竦めて笑うフィオナを、リズは真剣な顔で見詰めている。ややあってから、あの、とリズは探るような声を出した。

「フィオナ様は、本当はお優しい方なのに、どうしてわざと旦那様を怒らせるような真似をなさるんです……？」

わざとと言い当てられたのは初めてでどきりとした。「優しいなんて……」と苦笑でごまかそうとしたが、リズは追撃の手を緩めない。

「フィオナ様はお優しいです。私のことだってかばってくださいました！　それに、普段はあんなにきついものの言い方をしないじゃないですか」

フィオナは黙って紅茶を飲む。熱を出している間は性格の悪いわがまま姫を演じている余裕もなくリズと接してしまった。無駄に怒ることもなければ嫌みも言わない。感謝しているときは微笑んで礼を述べるフィオナの姿を、この城でリズだけが知っている。

「旦那様や他の侍女への当たりが強いのは、何か理由があるのでは？　なんだか無理をしているように見えました」

リズに素の顔を見せてしまっただけに言い逃れをするのも難しく、フィオナは観念してカップをテーブルに置いた。

「それほど旦那様のことがお嫌いなのですか……？」

「違うわ。クラウス様のことは嫌いじゃないの」

口にしてみて、改めて自覚する。最初から、フィオナはクラウスのことを嫌ってなどいなかった。ただ結婚をしたくなかっただけだ。男性というものに望みが持てなかった。

ただでさえ三度も婚約を破棄されて自信を喪失していたのに、今度は離婚歴のある男に嫁ぐと知って、端から離婚を言い渡されに行くようなものではないかと絶望的な気分になった。どうせまた見限られるのなら、クラウスのひととなりなど知る前に王都に帰りたかった。離婚を言い渡されても何も思わずにいられるように。

嫌いだったのではなく、知りたくなかっただけだ。好意を抱かぬよう必死で壁を作っていた。

「私、結婚に向いてないのよ」

「フィオナ様が？　なぜです……？」

リズは本気で困惑した表情だ。この様子ではフィオナが王都で何をしでかしたか知らないのだろう。少し驚かしてみようかしらと、フィオナは久々に人の悪い顔で笑う。

「だって私、ここに来る前に三回も婚約を破棄されているのよ？」

リズが目を丸くする。幻滅されるかと思いきや、その顔に浮かんだのは憤慨の表情だ。

「フィオナ様との婚約を破棄なさる方がいらっしゃるのですか？　それも三人も！　王都の殿方の目は節穴では⁉」

声を荒らげたリズは、どうやら本気で怒っている。信じられないと言いたげに拳を握るその姿を見て、ふと思い出したのは生家にいた侍女のミーナだ。

物心ついた頃から一緒に過ごしていたミーナは、フィオナの親友だった。子供の頃から令嬢らしからぬ腕白さで外を駆け回っていたフィオナの後をいつも追いかけ、フィオナが怪我をすれば手当てをしてくれた。「女の子がはしたない」と母親からこっぴどく叱られて泣きべそをかいたフィオナを慰めてくれたこともある。

かつての婚約者たちに対し本気で腹を立てているリズにミーナの姿が重なり、懐かしさに目元が緩んだ。この城に来てから、こんなに穏やかな気持ちになれたのは初めてかもしれない。自然と唇も緩んで、王都でも家族以外に打ち明けられなかったことを口にしていた。

「婚約を破棄されたと言ったけれど、破棄されるように私が仕向けたのだから構わないのよ」

「……それほど結婚されるのが嫌だったのですか？」

「そうではないのだけれど……最初の婚約者はね、私の親友に一目惚れしてしまったの」

「フィオナ様という方がありながら？」

「仕方ないわ。家同士が決めた結婚で、お互いの顔もよく知らぬまま婚約したのだもの」

恋に落ちるときは一瞬だ。フィオナの屋敷にやってきた婚約者は、その後ろに控えていたミーナに恋をした。そしてミーナもまた、フィオナの婚約者に一目で心を奪われた。

「親友も婚約者も苦しそうにしていたわ。特に親友は、私に対して申し訳ないって泣き暮らして……。そんな姿を見ていられなくて、私から婚約者を譲ったのよ。私は別に婚約者に恋をしていたわけでもなかったし」

しかし二人は貴族と侍女だ。身分が違う。フィオナが二人の恋を許しても、世間はそれを許さない。最終的に二人は駆け落ちすることになり、それに手を貸したのがフィオナだった。

フィオナの父親は自分の娘が駆け落ちの手引きをしたことを知り、婚約者の家には一切の不満を申し立てなかった。むしろ駆け落ちを止められなかったことを謝罪し、婚約者が駆け落ちをしたというスキャンダルも伏せた。

うやむやな部分が多い事件だったことが逆に世間の耳目を引き、噂に尾ひれがついた結果、最終的にフィオナがわがままを通して婚約を破棄させたことになったのだ。

フィオナの話に聞き入っていたリズは、興奮した面持ちで拳を振った。

「貴族と侍女が駆け落ちなんて……王都では物語のような事件が起きますね！」

「そうねぇ。しかもこれが一度では済まないのよ」

「まだ事件が起こるんですか？」

二人目の婚約者は、家が傾きかけた貴族の家の一人息子だった。彼にはすでに別の恋人がいたが、その恋人を捨ててフィオナと婚約することにしたらしい。目当てはフィオナの持参金である。

しかし愛のない結婚に踏み切るには、婚約者は心が優しすぎた。最後まで恋人のことを忘れられず、「他の女性を愛しながら貴女と結婚するのは不誠実だから」とフィオナにも本当のことを打ち明けてしまった。

叶わぬ恋に身をやつすミーナを間近で見ていただけに、彼の恋人のことを思うと放っておけなかった。彼から話を聞き出し、一時しのげるだけのまとまった金があればなんとか家を建て直せそうだと判明すると、フィオナは自ら一方的に婚約破棄を言い渡した。その後は一切婚約者と連絡を取らず、屋敷に使者がやってきても門前払いだ。

一回目の婚約をフィオナから破棄したという噂が出回っていただけに、二回目も同じ流れだと世間は判断したらしい。女性から婚約破棄を言い渡すなど非常識だとフィオナの家は非難にさらされ、父親は婚約者にフィオナのわがままを詫び、詫び金まで支払った。さすがに二回目ともなると父親からも窘(たしな)められたが、「あの家の息子は少しばかり頼りなかったからな。よかったかもしれん」などと言って最後は許してしまうのだから、エドモンドも心底娘に甘い。

三人目の婚約者はフィオナの幼馴染だった。

家柄はしっかりしていたものの少しばかり体が弱く、大人しい性格の人物だ。しっかり者の弟がいて、本当は弟に家督を譲りたいのだとよくこぼしていた。

家を継がずにどうするのだと尋ねると「画家になりたい」と夢を打ち明けられた。両親からは画家になることを反対され、それでもこっそり絵を描き続けているのだという。幼馴染が見せてくれた絵は緻密で、フィオナは迷わずその背を押した。「私と結婚なんてしてる場合じゃないでしょう」と。

「……まあ、そういう調子で破談を繰り返していたわけだけれど」

「でしたらすべて、他の誰かのためにフィオナ様が計画したことだったのですね？　やはりお優しいではありませんか！」

リズはそう言ってくれるが、結果として自分に残ったのは不名誉な噂ばかりだ。

婚約を破棄すべく奔走したことに後悔はない。相手に幸せになってほしいと思ってそれぞれの背を押した。ミーナは子供が生まれる頃だろう。二人目の婚約者は家を立て直して恋人と結婚したというし、幼馴染も家督を弟に譲り絵の勉強をしているそうだ。

皆がフィオナに感謝の言葉を述べて去っていった。

けれど今、フィオナと連絡を取っている者は誰もいない。

その事実に直面するたび、自分だけ置いていかれたような気分になる。

三回も婚約を破棄されたフィオナに向けられる世間の視線は冷たい。かばってくれる人もいない。真実を知っているのは父親だけだが、どれも世間に公言できることでもない。

ミーナや婚約者たちに恩を着せたいわけでも、何をしてほしいわけでもないけれど、『今どうしている？』『元気でいてね』と、遠くから少しだけこちらを振り返ってほしくなることはあった。

（なんだか私、路傍の石みたい……）

誰しもが自分の傍らを通り過ぎていくだけで、フィオナがそこにいたことすら忘れたように遠くへ行ってしまう。振り返らない。

「私は誰かに選ばれるような人間じゃないんだわ」

呟いた声は思ったよりも打ち沈んだ響きを伴い、フィオナは慌てて口調を明るくした。

「だってみんな、私以外の誰かを選んで幸せになるんだもの。クラウス様だってそうよ。本来はもっときちんとした令嬢と結婚すべき方だと思うわ」

「フィオナ様だって立派なご令嬢です！」

「三回も婚約を破棄されたのに？　事実はどうあれ、世間ではそういうことになってるのよ。誰も私の手を取らなかったのは本当だし」

三人の婚約者たちは揃ってフィオナを置いていってしまった。ありがとう、と礼を述べ、でも残されたフィオナが王都の人々からどんな目を向けられるのかまでは心を砕くこともなく。

クラウスだってきっと――と思った瞬間、胸につきんとした痛みが走った。

またただ、とフィオナは胸を押さえる。熱を出して寝込んでいる間もそうだった。クラウスのことを考えると、胸の奥を針の先でチクチクと刺されるような痛みを覚える。

フィオナを見下ろし、困ったように笑う顔を思い出すと今度は息苦しくなった。大きな手は無骨なのに、触れる指先がたどたどしいほどに優しかったことを思い出して息が詰まる。

フィオナの言葉に耳を傾けるときは、視線もこちらに向けてくれた。どれほど無礼な言葉だって途中で遮ることはなく、柔らかな苦笑で受け止めてくれた。その懐の深さを知るほどに、つまらぬ画策をする自分などクラウスの妻になるべき器ではないように思えてまた苦しくなった。たとえ結婚したとしても、すぐ一方的に離縁されてしまうかもしれない。

(クラウス様から、一方的に……)

考えて、ふと違和感を覚えた。あれほど温厚なクラウスが、そう簡単に離婚など突きつけてくるだろうか。

(……でも、クラウス様は三回も離婚をしていらっしゃるのよね?)

実際に顔を合わせる前は世間の噂を疑いもしなかったが、今となってはクラウスが冷淡に妻を切り捨てる姿など想像がつかない。違和感を拭いきれずリズに尋ねる。

「クラウス様は、前の奥様たちと離婚をしているのよね？　死別などではなくて……」

「ええ、奥様たちは全員生まれ育った土地に戻られ、それぞれ新しい生活を始めていらっしゃるそうですよ。中には再婚された方もいらっしゃるとか」

「クラウス様は、奥様たちとあまり仲がよろしくなかったのかしら……？」

「いいえ、古くから城にいる侍女たちが話していたのを小耳に挟んだのですが、旦那様はどの奥様とも仲睦まじく過ごしていらっしゃったそうです」

だとすると、ますます離婚をした理由がわからない。外から見ただけでは窺い知れない、夫婦の間だけに横たわる問題でもあったのだろうか。

「城には奥様たちの肖像画も残っていますよ。全員フィオナ様に負けず劣らぬ美女ばかりでしたね。私なんて目が眩みそうでした」

肖像画が残っているということは、クラウスはまだ前の妻たちに心を残しているということだろうか。美しい妻とフィオナを比較してはいないだろうか。

想像しただけで、胸の奥をきつく絞られるような痛みに襲われた。

クラウスにキスをされてから自分はおかしい。キスの最中、ろくな反応ができなかったことをクラウスに呆れられてしまったのではと心配になったり、前の妻と比べて落胆されたのではと悲しくなったり、これまでにない感情が湧いてくる。

「わからないことばかりね……」

クラウスが離婚を繰り返している理由も、彼のことを思うとチクチクと胸が痛む理由も。

話の前後が見えなかったのか、リズが不思議そうに首を傾げる。素直に胸の内を打ち明けるには自分自身心の整理ができず、フィオナはそっと溜息をついて紅茶を飲んだ。

熱が下がってからさらに一週間が経ったが、フィオナは相変わらず自室にこもっていた。なまじリズが四六時中そばにいてくれるので、なんら不便も感じなかった。

夕暮れが迫る頃、フィオナは部屋の隅に置かれた机の前に座って弱々しい溜息をつく。

机に置かれているのは、白地に若草色で花模様が描かれたティーカップだ。真っ二つに割れてしまったそれを、フィオナは未だ捨てられずにいた。

(これ、どうにか直せないかしら……)

二つに割れたカップを手に取り、ひび割れた個所が重なるように近づける。しかしどれほど強くくっつけてみても、割れたカップが元に戻るわけもない。

もしも自分がミーナからもらったカップを誰かに割られてしまったら……想像しただけで胸が詰まる。滅多に会えない相手から贈られたものなら思い入れもひとしおだ。

カップを机に戻したところでリズが部屋に戻ってきた。何やら光沢のある美しい布を持っている。今フィオナが着ているラベンダー色のドレスよりももっと深い、落ち着いた紫色の布だ。

「どうしたの、その布は。新しい服でも仕立てるの?」

リズは布を抱えて部屋に入ると、困ったような顔で「贈り物です」と言った。

「廊下を歩いていたら旦那様に呼び止められまして、この布をフィオナ様に、と……。お好きにドレスを作ってほしいとのことでしたが……」

「またクラウス様から？」

フィオナは軽く目を見開いて、どうしたものかと額に手を当てた。

ここのところクラウスからよく物が届く。一向に部屋から出てこようとしないフィオナを気遣ってくれているらしい。

最初は宝石を贈られた。今回と同じくリズを経由してフィオナに届けられたそれは、大きなサファイヤのついたブローチだった。いかにも値の張るものだったので、お受け取りできませんと丁重に断る手紙を添えてリズに返してきてもらった。間を置かず、今度は毛皮のコートを贈られた。この土地の冬はひどく冷えるからぜひ、とリズに言づけてきたようだが、こちらもやはりリズ経由で返した。

プレゼントだけでなく、クラウスはリズに様々な言伝を頼んできた。夕食に同席しないかと誘ってもらったこともあるし、遠乗りをしないかと言われたこともある。城でパーティーを開きませんかと提案してくれたこともあった。

「……随分とお気を遣わせてしまっているわね」

片っ端から誘いを断り、プレゼントも突っ返してくる可愛げのない女など放っておけばいいものを、なぜかクラウスはめげない。今日は布など贈ってきた。

「きっと旦那様はフィオナ様のことを心配していらっしゃるんですよ。少しでも元気づけて差し上げようと必死なんです。この布は受け取られてはいかがですか？」

「いいえ、返してきてちょうだい」

きっぱりとしたフィオナの返答に戸惑ったような顔をして、リズは紫の布に視線を落とす。

「……フィオナ様は、旦那様のことをお嫌いなわけではないのですよね？」

「ええ、もちろん」

「でしたら、その……もう少し、仲良くされてはいかがでしょう？　夫婦になるのですし」

主人に対してどの程度まで物申していいのか計りかねているのか、リズはおっかなびっくり言葉を紡ぐ。フィオナは苦笑して小さく首を横に振った。

「クラウス様は嫌いではないけれど、結婚はしたくないのよ。相手が誰であっても。できればクラウス様に嫌われて、早くこの城を出ていきたいの。その後は、修道院に入るつもりよ」

そんな、とリズは目を見開く。

「フィオナ様、本気ですか？」

「本気よ。だからほら、布は確かにお返ししてきてね。それからそろそろお腹が空いたわ。部屋まで食事を持ってきてちょうだい」

リズはまだ何か言いたげな顔をしていたが、フィオナに急かされ渋々部屋を出ていった。

リズがいなくなると、フィオナは窓辺に近づきリズから投げかけられた問いについて考える。

クラウスのことが嫌いかどうか。もちろん、嫌いではない。でも、できることなら結婚はしたくない。

問題なのは相手がクラウスであることではない。いざその手を取ったとき、ふいに相手から手を離されてしまいそうで怖いのだ。期待しただけ落胆は大きくなる。

フィオナだって少し前まで、人並みに結婚に対する期待を抱いていた。理想もあった。でも三度も婚約を破棄されたら、自分は異性に選ばれない人間なのだと自信も失ってしまう。

期待して裏切られたら今度こそ立ち直れない。危機感に近い強さでそう思うのは、きっと相手がクラウスだからだ。

(……嫌いどころか)

ふいに部屋の扉がノックされ、物思いに沈んでいたフィオナは唐突に我に返る。リズが帰ってきたのだろうか。返事をしてみたがドアは開かない。

両手いっぱいに料理を持っていてドアを開けられずにいるのかもしれない。うっかり者のリズがやりそうなことだ。手を貸すつもりでドアを開けようとしたときだった。

「……お加減はいかがですか?」

ノブに触れた指先が跳ねる。リズではない、クラウスの声だ。

リズに言伝や贈り物を預けることは多々あったが、こうして直々にクラウスが部屋を訪ねてくるのは初めてだ。後ずさりをすれば、その姿が見えたわけでもないだろうに追いかけるようにクラウスが声を上げた。

「ご気分がすぐれないと聞きましたが、医者を呼びましょうか？」

クラウスの声は真剣だ。放っておくと本気で医者を呼ばれかねない。大事にされては大変だと、フィオナはそろりとドアに近づいた。

「いえ……結構です。私のことは構わずにいてください」

「そんなわけにはいきません。貴女は私の妻になる人ですから」

どっと心臓が胸を叩く。「妻になる人」と言われ、胸の奥をきつく握り込まれたような気分になった。全身を小さな震えが包む。顔が熱い。

こんなふうに、クラウスがフィオナを妻にすると明言したのは初めてだ。カップを割った犯人を追及された際、「夫婦になる」と言われたときはこちらの口を割らせるための方便にしか聞こえなかったが、今回は違う。声が真剣だ。

頬に手を添えると、そこがひどく熱くなっていることがわかった。つい先程リズに、結婚などしたくないと言ったばかりなのに。

期待しそうになった。しかしすぐに思い直して首を横に振る。自分は選ばれないほうの人間だ。期待すればしただけ落胆は大きくなる。

ごくりと喉を鳴らし、動揺が声に伝わらぬよう努めて平静な口調を装った。

「……私のことなんて、本気で妻になさるおつもりはないのでしょう?」

だからこそ、フィオナが城にやってきた当初は顔を見せようともしなかったのではないのか。

沈黙の後、ドアの向こうからクラウスの低い声が響いてきた。

「いいえ、本気です」

先程より声が鮮明で驚いた。クラウスがドアに近づいたのだろうか。もしかすると身を屈め、フィオナの目線の高さまで顔を近づけているのかもしれない。

「貴女さえ望んでくれるのなら、いつでも準備はできています」

真剣な声に胸が震えた。本気だろうか。判断しかねて返事ができないフィオナに、クラウスはめげることなく声をかけ続ける。

「どうかこのドアを開けてくれませんか。医者は必要ないと言うのなら顔を見せてください、一目だけでも。どうか」

声に必死さが滲んでいた。城の主であるクラウスにこれほど熱烈に乞われては無視することもできず、そっとノブに手をかける。ほんの少し、フィオナの顔が半分ほど見える程度にドアを開けると、その隙間にさっとクラウスの手が入ってドアの縁を摑まれた。

とっさにドアを閉めようとしたが、それではクラウスの手まで挟んでしまう。ノブから手を離して後ずさる。

しかしクラウスはそれ以上ドアを開くことはせず、部屋に押し入ってくる様子もない。縁を摑んでいるのは、フィオナがドアを閉めるのを防ぐことが目的のようだ。

ドアの隙間から見たクラウスは、心底フィオナを案じる顔をしていた。演技には見えない。

迷ったものの、フィオナはおずおずと扉に近づいて小さく膝を折ってみせた。

「この通り、どこも悪くはありません。ご心配をおかけして、申し訳ありませんでした」

「謝らないでください。私こそ、この土地に来たばかりの貴女に対する配慮が足りませんでした。もしも足りないものがあれば遠慮なく言いつけてください。食事も、極力貴女の口に合うものを用意しますので」

以前、田舎の味つけは口に合わないと言ったことをクラウスは覚えているようだ。思い返せばとんでもなく失礼なことを言ったものだと、フィオナは赤くなって下を向く。

「いえ……お食事は、どれも美味しくいただいておりますので、お気遣いなく……」

俯いてぼそぼそ喋っていると、クラウスの表情が深刻さを増した。

「本当は具合が悪いのでは……？　以前より、声に覇気がないように思えますが……」

これまでさんざん憎まれ口ばかり叩いてきたフィオナが殊勝な言葉を返してきたものだからうろたえているようだ。思わずと言ったふうにドアの隙間から手を伸ばし、そっとフィオナの手に触れる。

指先の硬い感触にどぎまぎした。そのまま手を引かれるかと思ったが、やはりクラウスは無理強いをしない。フィオナが腕を引くとするりと指先も離れる。

書斎でキスをしたとき、腰を抜かしたフィオナを抱き上げた腕はあれほど力強かったのに。クラウスは力にものを言わせてフィオナを従わせようとはしない。フィオナが怯えないように、蝶（ちょう）の羽を摑むように恐る恐る触れてくる。

（この方は、私のことをどう思っていらっしゃるのかしら……）

ドアの隙間からクラウスを見上げ、フィオナは思う。

妻にする、と言いながらこれほど遠慮をするのはなぜだ。やはりフィオナの父親に何か弱みでも握られているのではないか。

（父の言葉に逆らえず、嫌々私を妻にしようとしているのかしら……。挙式をしたら、頃合いを見て私にも離縁を言い渡すの？）

どうしても疑心暗鬼になってしまう。事ここに及んで、フィオナは自分が男性に対してかなりの不信感を覚えていることを自覚した。信じられない。信じるのが怖い。

そんなことを考えていたら、ドアの向こうでクラウスが困ったように眉を下げた。

「失礼しました。もう不用意に触れませんので、そう警戒しないでください」

フィオナは小さく息を吞む。不用意に触れない、なんて、夫婦の間で交わされる言葉だろうか。結婚してもそうやって触れないつもりか。

頰を強張らせるフィオナの前で、クラウスはなおも続ける。

「気分が悪くないのであれば、今日は食堂でお食事を取られてはいかがですか？　私は同席しませんので。お父上も今頃王都で心配していらっしゃいます。貴女がこちらに来る前、お父上からはくれぐれもよろしくと頼まれているんです。何かあればお父上が悲しまれます」

父の名を繰り返し出され、ああやっぱり、と思った。胸に鋭い痛みが走る。

（この方はお父様に逆らえないだけなのだわ……。本気で私と夫婦になりたいわけではないし、夫婦らしいことをしたいわけでもない。食事にすら同席しようとしないのだから……）

クラウスもこれまでの婚約者たちと同じく、誰かに命じられてフィオナに手を伸ばし、時が来ればあっさりとその手を引いてしまうのだろう。誰も自分のもとには残らない。

（私ずっと、誰かの人生の背景みたい……）

俯いていると、クラウスに心配そうな顔で「どうされましたか」と声をかけられた。

本気で案じているわけでもないだろうに、声ばかりが優しくて泣きたくなる。どうせ手放すなら最初から手など差し伸べてくれなくていいのに。そう思うと腹の底から遣る瀬ない気持ちが噴き上がってきて、フィオナは伏せていた顔を上げると勢いよくドアノブを引いた。

まさかフィオナからドアを開けてくるとは思っていなかったのか、クラウスがぎょっとした顔で身をのけ反らせた。フィオナは扉を開けた勢いのまま、大股で部屋を出る。

「クラウス様、私のことはどうぞ捨て置いてください。ご心配は無用です！」

　フィオナの威勢に呑まれたように、クラウスが一歩後ろに足を引く。構わず足を踏み出せば、クラウスがまた一歩足を引いた。

「お約束ください、もう私に構わないと」

「ま、待ってください、そんなわけには——……」

　また一歩後ろに足を踏み出したクラウスの背が、とうとう廊下の壁にぶつかった。

　自分よりずっと小柄なフィオナに迫られたところで痛くもかゆくもないだろうに、クラウスは過剰なくらいフィオナとの接触を避けようとする。思えば初めて庭先で手をつないだときからそうだった。理由はわからないが、きっとクラウスは他人との接触を過度に嫌っているのだろう。

　ならばとばかり、フィオナは廊下の壁にクラウスを追い詰めた。

「親切なふりをして、気安く私に近寄るのはおやめになったほうがいいのでは？」

「わ、わかりました。少し落ち着いてください」

　壁に背中を押しつけたクラウスが片手を上げる。フィオナの肩を掴んで後ろに押し戻そうとしたのかもしれない。フィオナはとっさにその手首を掴むと、体重をかけて壁に押しつけた。

　クラウスが唖然とした顔でこちらを見る。自分より小柄なフィオナに壁際まで追い詰められた挙句、片手の動きを封じられて身動きが取れなくなった状況が理解できていない顔だ。

無論、その気になれば簡単にフィオナの手など振り払えるだろうが、驚きが頂点に達しているのかクラウスはされるがまま片手を壁に押しつけられて立ち尽くしている。

フィオナはクラウスを睨み上げると、低く押し殺した声で言った。

「この城に向かう前、父からよくよく言い含められました。隙あらば貴方と子を成すように、と」

声も出ない様子でクラウスが目を丸くする。その顔をまっすぐに見上げ、力いっぱいクラウスの手首を握りしめた。

「二人きりになったら私、何をするかわかりませんよ……！」

ことによれば女の側から襲いかかることもあるのだと言外に匂わせる。そうされるのが嫌ならば距離を取るようにと忠告するつもりで。

クラウスはフィオナの手を振り払うでもなく、弛緩(しかん)した手を壁に押しつけられたまま、呆然とした表情で口を開いた。

「……お父上から、そんなことを命じられていましたか」

掠れた声で呟いて、クラウスは小さく首を横に振った。信じられないとでも言いたげだ。しばらく考え込むように沈黙していたが、やがて整理がついたのか、顔を上げて小さく笑った。

「大丈夫です。間違ってもそんなことにはなりませんよ」

思いがけず穏やかな声音に目を見開いた。すぐには言われた意味がわからない。

クラウスは静かに微笑んでいるが、その顔から楽しいとか面白いといった感情は読み取れなかった。肖像画を描くため、画家に「笑ってください」と言われたから笑ったような、美しく整ってはいるがなんの感情も乗っていない顔をしている。

(間違ってもそんなことにはならないって……どういう意味なの)

フィオナのような小娘に襲われたところで返り討ちにできるという余裕の表れか。それともフィオナに迫られたところでまったく反応しない自信でもあるのか。フィオナの誘惑など児戯に等しいものだと高をくくっているのかもしれない。

フィオナはゆっくりと視線を動かす。

互いの胸がぶつかるほど体を寄せているというのに、クラウスの表情は凪いだままだ。壁に押しつけられた手もそのままで、まるで抵抗する素振りがない。

唐突に、この体勢は以前書斎でクラウスに追い詰められたときと逆転した格好だと気づいた。あのときフィオナは、衣服の向こうから相手の体温が伝わってくる距離にうろたえ、肌の上をすべる指先に翻弄されて、心臓が壊れてしまうのではと案じるほどに胸を高鳴らせた。

しかし逆の立場に立たされたクラウスは、まったく動じた様子もなくこちらを見下ろしている。

自分では、きっと今クラウスの胸に耳を押し当てたら、規則正しい鼓動が聞こえてくるのだろう。自分では、クラウスの心を乱すことすらできない。

（そんなにも、魅力がないんだ……私には）

クラウスの手首を摑んでいた指先から力を抜くと、フィオナはふらふらと壁際から離れた。クラウスが気遣わしげに手を伸ばしてきたが、その指先から逃げるように部屋に逃げ込んでドアを閉めた。

ぴたりと閉めたドアに寄りかかって立っていると、廊下でクラウスが身じろぎする気配がした。もう一度ドアを叩くか否か逡巡するような沈黙が落ちたが、結局クラウスはドアを叩くことなくその場を立ち去ったようだ。

しばしその場に立ち尽くし、フィオナはふらふらとベッドへ向かった。

途中で足をもつれさせ、躓くようにベッドに倒れ込む。視界が白いシーツで埋め尽くされた瞬間、両目から堰を切ったように涙が溢れた。

自分でも突然のことに驚いた。こんなふうに涙が出るなんて子供のとき以来だ。どこを怪我したわけでもないのに。

（でも、痛い……）

無意識に胸の辺りを強く握りしめていた。叩かれたわけでも打たれたわけでもないのに、どうしてかこんなにも痛い。声を殺して泣いていると、ノックの音とともに部屋の扉が開いた。

「フィオナ様、お待たせいたしました！　まだ夕食の準備ができていなかったようで少しお待たせしてしまいましたが、ようやく……あれ、もうお休みですか？」

部屋に入ってきたのは料理の載ったワゴンを押したリズだ。リズはベッドに近づいて、ようやくフィオナが泣いていることに気づいたらしい。

「フィ、フィオナ様!?　どうされました、どこか具合でも……！」

ベッドの傍らに膝をつき、必死で背中をさすってくれるリズを軽く手で制する。

「……っ、大丈夫、なんでも……」

「あっ！　さっき廊下で旦那様とすれ違ったのですが、まさか旦那様がこちらに？」

フィオナはびくりと肩を震わせ、無言で首を横に振った。違うと伝えたかったのだが、頬を大粒の涙が伝って声が出ない。

リズはすっかり確信した様子で、「やっぱりそうなんですね！」と声を荒らげる。

「まさかカップを割ったことでまた何か……!?　だとしても、フィオナ様を泣かせるほどひどいことをおっしゃるなんて！　やはり私が本当のことを……！」

「……待って！　違うの……違う……」

ベッドの上で身を起こし、溢れる涙を拭ってリズを引き留めた。

「クラウス様は、何も悪くないの……。カップのことだって関係ないわ……。ただ、私が勝手に泣いているだけで……」

「涙は勝手に出ませんよ。嬉しいとか悲しいとか、心がひっくり返るようなことが起こったときに出るものです」

リズは至極真面目な顔で言ってベッドの縁に腰を下ろした。起き上がったフィオナと視線を合わせ、心配しきった顔で「いったい何があったんです」と尋ねてくる。

フィオナはしゃくり上げながら、何をどう説明すればいいのかわからず途方に暮れた。

「自分でも……よくわからないの。でも、クラウス様がこの部屋にいらして……」

「やはり何かひどいことを？」

勢い込むリズに小さく首を振る。

「……ひどいことは、何も。クラウス様はいつもお優しいし、私が何をしても怒るということがないし……。この調子じゃ、嫌ってもらうことすら……」

「またそんなことを！　わざわざ嫌われたいなんておかしいですよ」

「……違うの。嫌うほどの関心すらも私にないようで……」

淋しいのだ、と、喋りながらようやく自分の本心を理解した。

クラウスは最初から、フィオナに興味も関心もなさそうだった。無理やり王都に追い返すこともしなければ、具体的な婚礼の話もしない。そういう態度を見るにつけ、やっぱりね、という諦めに似た感情が胸を覆った。

ここでも自分は、誰からも求められていない。

改めてそんなことを痛感して肩を震わせていたら、リズにそっと背中を撫でられた。

「フィオナ様は、本当は旦那様のことを好いていらっしゃるのですね」

顎先からぽたりと涙が滴り、ラベンダー色のドレスに落ちた。

フィオナは濡れた睫毛を瞬かせ、ゆっくりとリズを振り返る。

違うわ、と言おうとした。そういう意味で泣いているのではないのだと口を開きかけたが、子供をあやすように背中を叩かれて言葉が飛んだ。

「旦那様に振り返ってもらえないのが、泣いてしまうほど悲しいのでしょう?」

悲しい。確かに悲しい。認めてしまえばまた胸に痛みが走る。胸の奥に隠した柔らかな部分を絞り上げられるようだ。

クラウスに嫌われようとしていたはずなのにおかしな話だ。最初は一刻も早く王都に帰りたくて、クラウスから離縁を言い渡されるよう必死でわがまま姫を演じていた。

その行動の意味が、だんだんと変わってきたのはいつ頃か。

クラウスのことを知りたくない、これ以上距離を縮めたくない。怯えるようにそう思った。

この人も、かつての婚約者たちのように都合よく自分を切り捨てるかもしれない。そうなったら今度こそ耐えられない。

クラウスから手を離されるのだけは嫌だ。

(……クラウス様だから、嫌)

胸の中でクラウスの名を呟いた瞬間、それまで胸の中でふわふわと浮かんだり消えたりしていた感情が、すとんと地に着いたような心地がした。

クラウスは特別なのだ。これまで他の誰にも抱かなかった感情を、彼にだけは抱いてしまう。

「わ……私……」

声が震える。涙が止まらず俯けば、リズがそっと背中を抱き寄せてくれた。

「大丈夫です、私はフィオナ様の味方ですよ。応援しております。きっと上手くいきます」

自覚などしたくなかったのに、リズの声音が優しいので突っぱねることもできない。

「どうかフィオナ様の恋が実りますように」

フィオナは両手で顔を覆った。それでも手の下からしゃくり上げる声が漏れてしまう。

必死で本心から目を背けていたのに、リズの言葉に励まされ、クラウスに恋をしていたのだと気づいてしまった。

けれど今頃気づいたところで何になるだろう。クラウスや城の者に嫌われるべく繰り返してきた己の行動を思い出すまでもなく、この恋は絶望的だ。たった今クラウス自身に、フィオナが何をしても間違いなど起こらないと断言されてしまったのだから。

せめてこの城に来たときクラウスや城の者に対して素直に振る舞えていたら、少しは違う結果になっていただろうか。それとも最初から、こんなにも年の離れた自分などクラウスの眼中にもなかっただろうか。

考えたところで詮ないと知りつつ、後悔は波のように押し寄せる。もう虚勢を張ることもできず、リズの肩に凭れて泣くことしかできない。

早く泣きやまなければと焦るほど息は乱れる。涙が止まらない。

フィオナは嗚咽を殺すのに必死で、無言で背中をさすってくれるリズがどんな顔をしていたのか、最後まで気づかなかった。

＊＊＊

庭先で花が揺れている。

白い小さな花だ。うっかりすると緑に呑まれて見落とすほどの。それでいて香りは強い。姿は見えずとも存在を主張する。

フィオナと似ている。ずっと部屋に閉じこもって顔を見せないのに、どこからともなく甘やかな気配がする。無意識に目でその姿を探してしまう。甘い香りに翻弄されるばかりだ。

庭の隅にある東屋の下で、クラウスは深い溜息をつく。

仕事が詰まって遠乗りもできないとき、気分転換のため庭先に出るのは昔からの習慣だ。フィオナと初めて庭で遭遇したときも、東屋で休憩して室内に戻る途中のことだった。

再び溜息をつく。フィオナのことを思い出すと何度でも溜息が漏れた。

あまりにフィオナが部屋から出てこないので、さすがに心配になって部屋まで押しかけてしまったのは昨日の話だ。

ドア越しに言葉を交わしたとき、その声がいつになく沈んでいて心配になった。医者を呼ぼうとしたが突っぱねられ、放っておいてくれと言われて口が滑った。放っておけない、貴女は私の妻になる人だ、と。

フィオナのことは、時期を見て王都に帰すつもりでいた。ずっとそう考えていたはずなのに、口から飛び出したのはフィオナを自分のもとに縛りつけるような言葉だ。もうとっくに手放すつもりなどなくなっていたのではないかと自覚して頭を抱えそうになった。こんなことを言えばフィオナに嫌がられるに決まっている。

それなのに、その後フィオナの口から飛び出したのはまるで予期せぬ言葉だった。

(隙あらば子を成せなんて……何を考えてるんだ、エドモンドは)

テーブルに肘をつき、両手で顔を覆って呻く。

エドモンドから、フィオナのことをくれぐれもよろしく頼む、としつこいくらい念を押されたのは、娘に手を出すな、という牽制ではなかったのか。

(年の差を考えろ、自分の娘が可愛くないのか？　離婚歴が三回もある男のもとに嫁がせようなんて正気を疑うぞ……！)

しかしそれ以上に気になるのは、フィオナが固い声で宣言した『二人きりになったら私、何をするかわかりませんよ』というセリフである。

あれはつまり、二人きりになって無体な真似を働こうものなら、舌を噛み切って死んでやるぞ、という脅しではないか。

いや、脅しではなく本気だ。あのときのフィオナの視線の強さは尋常でなかった。

部屋から飛び出してきたフィオナの鮮やかな不意打ちに対処できず、一息で懐に飛び込まれた。こちらの手首を押さえる手は小さいのに熱くて、その熱に引きずられるように血が沸き立った。まるで剣を握りしめて前線に躍り出たときのように。

あの感覚はなんだろう。今も思い出せば、背筋に痺れるような震えが走る。

少しでも抵抗すればその場で自害しかねない気迫に身じろぎすらできなかった。辺境伯として異民族と渡り合ってきた自分が、あんな少女の迫力に吞まれるなんて――。

(……そう、少女だ)

改めて自分たちの年の差を思い出し、頭から冷や水をかぶせられた気分になる。

フィオナが必死の形相で迫ってくるのも無理はない。父親と同じくらいの年の男と結婚させられるなんて嫌に決まっている。

テーブルに頰杖をついてクラウスは深呼吸をする。

フィオナがこの結婚を望んでいない以上、すぐにも王都へ返す手配をすべきだろう。わかっているのに、なかなか行動に移せない。惜しむ気持ちが後から後から湧いてくる。

小さな体で果敢に挑みかかってくるあの苛烈な目が忘れられない。それでいて、部屋に戻る間際にちらりと見えた横顔はひどく淋しげだった。その強烈な対比が強く印象に残っている。

あのとき、嫌がられてもなんでも腕を摑んで振り向かせてしまえばよかった。フィオナは今、部屋にこもって何をしているのだろう。

今日だけでもう何度目になるかわからない溜息をついたとき、庭木の間でちらりとスカートの裾が翻ってハッと顔を上げた。

城に仕える侍女たちは、仕事の合間にクラウスが庭で休憩していることを知っているため日中は滅多にここへやってこない。

もしやフィオナか。息を詰めて木々の向こうに視線を注いでいたクラウスは、木の陰から顔を覗かせた人物を見て小さく息を吐いた。

現れたのはフィオナではなかった。まだ表情に幼さの残る、赤毛の侍女だ。フィオナの専属侍女で、何度かフィオナへのプレゼントを持たせたことがある。すべて返されてしまったが。

「だ、旦那様……お休みのところを、失礼いたします」

侍女は緊張が過ぎて青白い顔をしている。何やらただ事でない雰囲気だ。

相手は腹の前できつく両手を組むと、クラウスに向かって深く頭を下げた。

「わ、私は、フィオナ様のお世話を言いつかっております、リズと申します。実は……以前、フィオナ様が割ったとおっしゃっていたティーカップは、本当は……っ、私が割りました」

言われてみれば、フィオナが割れたカップを手に書斎にやって来たとき、その後ろに控えていたのが彼女だったか。書斎からその現場を見ていたクラウスにとっては今更驚くことでもない内容だったが、それを知らないリズは震えながらもう一度クラウスに頭を下げた。

「大変、申し訳ございませんでした……。必ず、必ず弁償いたします……！」

「……いや、それは構わないが、彼女はどうして君をかばったんだ？」

びくりと肩を震わせてから、リズはおずおずと顔を上げた。

「それは……私がずっと失敗ばかりで、今度こそお暇を出されてしまうと……泣いてしまったから、だと思います……」

「……それだけの理由で？」

リズは指先が白くなるほどきつく両手を組み、しっかりと頷く。

「それだけの理由で、フィオナ様は私をかばってくださいました。あの方は、本当はとてもお優しくて、自分のことより他人のことを考えてしまう方なんです。ですから旦那様、どうか勘違いなさらないでください。フィオナ様のお部屋を見ていただければすぐにわかります……！」

必死の形相で訴えられ、クラウスは動揺を隠せない。フィオナは城中の侍女に「鼻持ちならないわがまま姫」と白い目を向けられていると思っていただけになおさらだ。

リズに対してだけ特別なのだろうか。それとも、自室にいるときだけは無防備になるのか。フィオナの部屋を見れば何がわかるというのだろう。

「……だが、彼女は私を部屋に入れたがらないだろう」

フィオナは部屋から出ようとしないし、中を見るのは難しいだろうと思ったが、リズは任せてくださいとばかり拳を握りしめた。

「これから私がフィオナ様をお庭にお連れします！　何かしら理由をつけて必ず連れてまいりますので、その間に旦那様はフィオナ様のお部屋をご覧になってください！」

お願いします、と深く頭を下げられて、クラウスはしばし考え込む。

本人がいない間に部屋に忍び込むのは気が引けるが、フィオナの本心が気になるのも事実だ。リズにも涙目で頼み込まれ、折れる形でリズの言う通りにすることにした。

リズと別れたクラウスは、一度書斎に戻って窓から庭の様子を眺めた。

しばらくすると、庭にフィオナとリズが出てきた。フィオナは明らかに気乗りしない様子でのろのろと歩いており、リズがその手を引いてなんとか東屋に引っ張り込んだようだ。

侍女にぐいぐい手を引かれても、されるがまま手を振り払うこともしないフィオナが意外だった。侍女にそんなことをされたら激怒してその手をはたき落とすのではないかと思っていたのだが、案外好きにやらせているようだ。

ゆっくりと自分の認識が揺らいでいくのを自覚して、クラウスは足早に書斎を出る。

廊下を歩いてフィオナの部屋までやってくると、念のためにドアをノックした。返事がないことを確認してノブに手をかける。自分の城とはいえ、今はフィオナに私室として与えている部屋に無断で忍び込むことに後ろめたさを感じつつ、ドアの隙間から身を滑り込ませた。

(部屋を見ればわかる、と言われたが……)

客間はさほど広くなく、ベッドと書き物用の机、それから櫃があるくらいだ。小さなテーブルと椅子は新たに持ち込まれたものだろう。食事をするときに使っているのかもしれない。早くしなければフィオナたちが戻ってきてしまう。焦りを感じつつ部屋の奥へと進んだクラウスは、窓辺に置かれた机を見て足を止めた。

そこには広げたままのノートが一冊と、割れたティーカップが置かれていた。

美しい刺繍を施されたハンカチの上に置かれたカップを見て目を見開く。若草色で花模様を描かれたあれは、以前フィオナが書斎に持ってきたもので間違いない。

(……とうに処分したと思っていたが)

さほど高価でもない、古びたカップだ。割れてもなお保存しておくほどのものではない。フィオナだってこのカップに金銭的な価値はないことくらいすぐ見当がついただろうに。

(私が、友人からもらったものだなんて言ったから、か……?)

クラウスが大切にしていたカップを割ってしまったのだと思い込み、こうして毎日割れたカップを眺めていたのかもしれない。そう思ったら胸にとんでもない罪悪感が広がった。軽い気持ちで嘘などつかなければよかったと全力で後悔する。

カップに手を伸ばそうとして、途中でぴたりと手を止めた。カップとともに机に置かれていたノートに自分の名が書き込まれていることに気づいたからだ。

(……日記?)

まだインクが乾き切っていないからか、ノートは開いたままになっている。見てはいけないと思ったが、自分の名を見てしまっただけにどうしても視線が吸い寄せられた。

おそらくこの結婚や、自分に対する不平不満を書き連ねているのだろう。そんなものを読めば、さすがにフィオナを惜しむ気持ちも断ち切れるだろうか。

ざっと単語を拾い読むつもりでノートを覗き込み、それきりクラウスは動けなくなった。

(……なんだ、これは)

流し読むつもりが目を離せない。

フィオナは侍女たちに対していつも尊大な態度で、クラウスにも平気で嫌みを言い放ち、それを反省する様子も見せなかったというのに。

日記の中で、フィオナは別人のように殊勝なことばかり書いていた。

『今日も侍女に嫌みを言ってしまった。本心ではないだけに申し訳ない』と落ち込んだ様子で書いている日もあれば、『せっかくの美味しい紅茶を下げられてしまった。美味しくないなんて嘘をつかなければよかった』と嘆いている日もある。『嫌な気分だったろうに、それでも仕事の手を抜かないこの城の侍女たちは優秀だ』と侍女たちを褒めていることさえあった。

自分自身に対する言及もある。『私はもう三回も婚約を破棄されているし、王都ではわがまま姫と呼ばれている。クラウス様が自分を本気で妻にしたがるはずもない』と、そんな言葉が自分に言い聞かせるように何度も何度も書かれていた。

(……なぜこんな、自分を貶めるようなことを?)

理解が及ばず、食い入るように日記を読みふける。

どうやらフィオナは今回の結婚をすべて父親の計略によるものだと考えているらしい。クラウスはその被害者で、父親からフィオナを押しつけられて迷惑していると信じて疑っていない。なんとかこの結婚を破談にして、自分はいずれ修道院に入るつもりでいるようだ。

クラウスは日記を取り落としそうになる。あの美しさと若さで馬鹿なことをと愕然とした。

(しかもこの書き方だと、彼女自身はこの結婚を嫌がっていないのでは……? 私のためにこの結婚を破談にしようと努めているように読めるが……)

日記の中で、フィオナはクラウスのことを『立派な方』と書いていた。父親とそう年が変わらないはずなのに、とてもそんなふうには見えないとも書かれていて内心胸を撫で下ろす。

『早く城から追い出されなくては』と、義務感めいた調子でフィオナは書き綴っていた。クラウスを嫌っているのではなく、嫌われようとしている。そして後々クラウスの立場が悪くならないよう、クラウスが離縁を言い渡すに足る理由を作ろうとまでしていた。

日記を読み終え、クラウスは呆然とその場に立ち尽くす。

すぐには内容が呑み込めず、開きっぱなしになっていたページをもう一度頭から読み返して、よろけるように机から離れた。

庭先で耳にしたリズの言葉を思い出す。本当はフィオナは優しくて、他人のことばかり考えてしまうと。クラウスの思い描くフィオナ像とはかけ離れたその言葉に、あのときは首を傾げてしまったが。

(……演技だったのか)

あの高飛車な態度も、傲慢な物言いも、自分が城から追い出されるための演技か。すべての非は自分が引き受けるつもりで。クラウスの立場が悪くならないようにとそれだけ考えて。

とっさに口元に手を当てる。気を抜くと喉の奥から妙な声が漏れそうだ。

(――私のためか!)

つんと澄ました顔の下で、そんな健気(けなげ)なことを考えているとは夢にも思わなかった。

そんなことのためにわざと侍女たちから嫌われるような真似をして、自ら居場所を失い部屋に引きこもっていたのかと思ったら胸の上から心臓を殴られたような気分になった。

長らく規則正しい鼓動を刻むばかりだった心臓を、ふいに外側から揺さぶられる。

どうせ自分はフィオナに嫌われているのだという諦めに近い気持ちが邪魔をして自覚できなかった感情が、抑え切れず湧き上がって喉すらふさぐようだ。

腹の底からせり上がってきたのは、息苦しいほどの愛しさだった。

クラウスは口元から手を離して息を整えると身を翻して部屋を出た。書斎に戻る途中、気が急いて速足になってしまうのを止められない。

日記を見た限り、フィオナは自分のことをそこまで嫌っていないようだ。むしろクラウスに同情的な節すらある。ただ、そこに恋愛感情が含まれているのかどうかまではわからない。

それでも、もしかしたら、という可能性が生まれただけでも僥倖だ。

書斎に入ると、クラウスは大股で窓辺に近づいて庭を見下ろす。

東屋にはまだフィオナの姿があった。今日は淡い水色のドレスを着ているようだ。遠目にはどんな表情を浮かべているのかわからないが、リズに紅茶を淹れてもらっているらしい。

もしもまたリズがカップを割ったらどうするのだろう。前回と同じく、自分が割ったと言い張るのだろうか。そしてそれがクラウスにとって大切なものだとわかれば、高飛車な態度を引っ込めて真摯に頭を下げるのか。

(……彼女なら、そうするのだろうな。きっと)

疑いもせずそう思い、唇の間から細い息を吐く。

フィオナの部屋からこの書斎まで、そう長くもない距離を歩いてきただけなのに心拍数が上昇している。最近は戦もなかったので体が鈍ったか。そう考えて、すぐに違うと打ち消した。

誰かの姿を遠くから見たり、その声や表情を思い出したりするだけで鼓動が乱れる。こんな感覚、あまりに久しくて忘れていた。

十代の頃に戻ったような気分で、クラウスは片手を胸に当てる。

(彼女は……フィオナは私に嫌悪感を抱いてはいなかった)

ならば今からでも、心を込めて言葉を交わせば想いを通わせることもできるだろうか。夫婦になることができるだろうか。

真っ白な花嫁衣裳を着たフィオナの手を取る場面を想像してみる。庭に集まった領民たちの声援に応え、その手を引いて城のバルコニーに出たらフィオナは笑ってくれるだろうか。まだ一度も見たことのない笑顔を思い描き、服の上からきつく心臓の辺りを握りしめた。

「……年甲斐もない」

己に言い聞かせるように呟いてみても胸のざわつきは去らない。東屋の下にいるフィオナから目を逸らすことすらできなかった。

風が吹くと、木々の間で白い花が揺れる。ガラスに遮られてその香りは室内まで漂ってこないはずなのに、一息吸い込むごとに胸に立ち込める甘い香りは濃厚になっていく。むせるようだと、クラウスは熱っぽい溜息をついた。

＊＊＊

自分の恋心を自覚すると同時に、この恋が実るはずもないと理解もしたフィオナはなんだか脱力して、前以上に部屋から出るのが億劫になってしまった。

日記を書いて気持ちの整理をする以外はぼんやり過ごしていたら、リズに半ば無理やり庭に連れ出され紅茶を飲むことになった。最初は乗り気でなかったが、少し外に出たのがよかったのか、その晩はベッドに入るとすぐに寝つくことができた。やはり多少は体を動かすべきなのかもしれない。

翌日、久々にすっきりと目覚めてベッドを降りると、なぜかリズが満面の笑みを浮かべて身支度を手伝ってくれた。

「フィオナ様、どうぞ今日は一番お気に入りのドレスをお召しになってください。髪もできるだけ丁寧にお巻きしますね。お庭からお花も摘んでまいりましょうか」

「どうしたの急に？　今日は何か予定でも？」

怪訝に思って尋ねれば、リズは一層笑みを濃くして頷いた。

「実は、朝一番に旦那様から言伝を預かっております」

今日のドレスを選ぼうと櫃に手をかけたフィオナの動きが止まった。目を見開いてリズの顔を見る。

リズは我が事のように嬉しそうに目元をほころばせ、フィオナに近づきその手を取った。

「朝食を取られましたら、書斎に来ていただきたいそうです。何かお話があるそうですよ。よかったですね、フィオナ様。目一杯おめかししていきましょうね」

リズに手を取られたフィオナは一拍置いてから事態を理解し、さっと頬を赤らめた。

話がある、なんてクラウスに呼び出されたのはこの城に来て初めてだ。いったいなんの用だろう。しかし頬が紅潮したのは一瞬で、すぐにフィオナの表情は曇ってしまう。

「……クラウス様は、どんなお話をなさるつもりかしら？」

「詳しくは聞いていませんが、大事なご用だそうですよ。さあ、どのドレスをお召しになりますか？　ああ、その前に朝食ですね。申し訳ありません、私まで嬉しくなってしまって」

リズは無邪気に笑っているが、フィオナは一緒に笑えない。クラウスが直接話をしようだなんて、何を言い出すつもりだろう。

（……いよいよ私を王都に帰す目途が立った、なんてお話かもしれない）

その可能性は高い。城内の侍女たちの不満も溜まっている頃だろう。雪が降り出して王都までの道を隠してしまう前にフィオナを実家へ送り帰すつもりではないか。そうなるように行動していたはずなのに、恋心を自覚してしまった今となっては後悔ばかりが胸を覆った。

（今頃素直になっても、もう何もかも遅いわね……）

目の縁が湿っぽくなり俯きそうになったが、フィオナは敢えて背筋を伸ばす。

「リズ、青いドレスを準備してちょうだい。庭にお花があるのなら、それも取ってきて」

毅然とした口調で命じると、リズは嬉しそうに笑っていそいそと櫃からドレスを取り出した。それを横目で見ながら、フィオナは唇を引き結ぶ。

（これがクラウス様とお話しをする最後の機会になるかもしれない）

ならば情けない姿は見せたくない。どうせなら悪役を演じ抜いて、いつかクラウスに「あんな妙な娘もいたな」と苦笑交じりに思い出してほしかった。

（叶うなら、記憶の一点でもいいから残りたい）

そんな殊勝なことを考えているとは思えない厳しい表情で、フィオナは一部の隙もなく身支度を整えていったのだった。


朝食後、髪を整え、唇に薄く紅を差して、フィオナはクラウスの待つ書斎へ向かった。

ドレスは手持ちの中で一番気に入っている、首元がすっきりと開いた瑠璃色（るりいろ）のものを選んだ。耳元には銀木花を差している。リズが庭から一枝手折ってきてくれたものだ。

リズを伴い書斎の前に立ったフィオナは、軽く息を整えてから扉をノックする。

待ち構えていたようにクラウスの返事があって、リズが一声かけてから扉を開けてくれた。

大きな窓のある書斎は、今日も眩しい光に満ちていた。

クラウスは前回と同じく窓を背に机に向かっていたが、すぐに立ち上がってフィオナのもとまでやってくる。

「朝から急にお呼び立てして申し訳ありません。さあ、ソファーへどうぞ」

片手でドアを押さえたクラウスは、もう一方の手でフィオナを部屋の奥へ促す。それからリズに顔を向けて軽く微笑んだ。

「君は紅茶を淹れてきてくれないか」

リズも同席してくれるものだと思っていたフィオナは足を止めかけたが、背後でリズが「かしこまりました！」と張り切って返事をしているのを聞いて諦めた。心細さを押し隠し、小さなテーブルを挟んで相向かいに置かれたソファーに腰を下ろす。

すぐにクラウスもフィオナの向かいに腰掛ける。室内には執事の姿もなく、正真正銘二人きりだ。

フィオナは懸命に背筋を伸ばし、睨むような目でクラウスを見詰めた。そうしていないと目を合わせることすら難しいのだ。穏やかな表情でこちらを見るクラウスと目が合うと視線を落としてしまいそうになる。顔が赤くなっていないか、縋るような目を向けてしまわないか不安で仕方がなかった。

お互いソファーに座っても、クラウスはフィオナを見詰めるばかりで一向に口を開かない。室内は静まり返って、自分の心臓の音が体の外まで漏れてしまいそうだ。

「……本日は、どのようなお話ですか？」

沈黙に耐え切れずに口火を切れば、クラウスも我に返ったように瞬きをした。

「失礼しました。青いドレスがよくお似合いだったもので、見惚れてしまって……」

社交辞令か、と聞き流しかけたが、クラウスがどこか照れたような顔をしているので凝視してしまった。世辞ではないのか。

絶句するフィオナを改めて眺め、クラウスはゆったりと目を細める。

「貴女の瞳と同じ色ですね。とても綺麗だ」

甘やかな声で囁かれ、平常心が吹き飛んだ。ただの気まぐれか社交辞令かは知らないが、恋心を自覚したフィオナには刺激が強すぎる。

当たり障りのない礼を口にすることも忘れ、慌ててクラウスから顔を背けた。

「そ、それで、お話というのは？」

もう隠しようもなく頬が赤い。リズが戻ってきてくれるのを今か今かと待ちながら尋ねれば、そうでした、とクラウスが苦笑を漏らす。

「実は、貴女に謝らなければならないことがあるんです」

フィオナは身を固くする。いよいよ本題か、と思った。

クラウスが口にする内容は大方予想がついている。きっと結婚を白紙撤回されるのだ。謝ってもらう必要などない。そうなるよう行動していたのは他ならぬ自分なのだから。

せめて最後まで毅然としていようと背筋を伸ばした。王都に帰るよう促されたら清々した顔で笑ってみせなければ。クラウスがみじんも罪悪感を抱かぬように。

頬を強張らせて次の言葉を待っていると、クラウスが深く息を吸い込んだ。

「例のティーカップですが、友人からもらったというのは嘘です」

結婚に関することだと思い込んでいただけに、即座に反応することができなかった。カップの件に思い当たるまでにも少し時間がかかり、肩透かしを食らった気分で目を瞬かせる。

「嘘、と言われましても……。なぜそのような嘘を？」

クラウスは顔を上げると、どこから説明したものかと迷うように視線を揺らした。

「どうしても、貴女がリズをかばっているように見えたもので……。あのカップが大切なものだと言えば、本当のことを言ってくれるのではと画策したのですが」

クラウスがこちらに視線を向け、目元を和らげた。

「結局、最後までリズをかばい通しましたね。他人の失敗を引き受けようなんて、優しい方だ」

「かばったわけではありません。事実、私が……」

「リズから話は聞いています。きちんと私のもとに謝罪に来てくれましたよ」

自分の与り知らぬところでリズがクラウスに真実を告げていたことを知り息を呑んだ。暇を出されたらどうするつもりだ。クラウスはどんな結論を下したのだろう。

フィオナの表情を読んだのか、クラウスが安心させるように笑いかけてくる。

「リズには同じ失敗を繰り返さないよう注意をしておきました。これからも引き続き、貴女専属の侍女として仕えてもらうつもりです」

「そ、そうですか……」

ほっと胸を撫で下ろしたものの、クラウスの言葉には続きがあった。

「優しいのは貴女の美点かもしれませんが、失敗を隠すのは賛成しません。本人のためにもなりませんし」

正論だ。反論もできず、小さな声で「申し訳ありませんでした」と返すことしかできない。

「いいえ、私も嘘をついたのですから、謝らなければならないのはお互い様です」

改めて頭を下げられてしまいうろたえる。目上の男性からこんなにも丁寧な謝罪を受けたのは初めてかもしれない。こちらこそ、と深く頭を下げ返したところで書斎の扉がノックされた。すぐにティーワゴンを押したリズが部屋に入ってくる。

クラウスはリズに目で合図をしてフィオナを振り返った。

「嘘をついたお詫びに、ティータイムをご一緒させていただけませんか。城に閉じこもりきりで退屈なさっているでしょうし、暇潰しになれば幸いです」

フィオナが返事をする前に、リズは手際よく二人の間に置かれたテーブルに紅茶のカップを並べてしまう。断る暇もない。

リズの失敗を鷹揚(おうよう)に許してもらった手前、いつもの調子で席を立つわけにもいかず、大人しく誘いに乗ることにした。

フィオナがしっかり教育したおかげで、リズは危なげなく紅茶を淹れる。室内に茶葉の豊かな香りが広がって、フィオナは深く息を吸い込んだ。以前、城の侍女に向かって田舎の紅茶は香りが立たないと心にもない悪態をついたことを思い出し、改めて悪いことをしたと思った。せめて城を立ち去る前に謝罪ができれば、などと考えていたら、カップに紅茶を注ぐ音に重ねるようにクラウスが言った。

「お恥ずかしい話ですが、私はあまり弁の立つほうではありません。自分の気持ちをきちんと言葉にするのも苦手で、言葉を惜しんでしまうきらいがあります」

紅茶の香りにリラックスしていたフィオナの顔に緊張が走る。今度こそ結婚を白紙に戻す話だろうかと身構えていると、リズがそっとフィオナの前にカップを置いた。

クラウスは湯気の上がるカップに視線を落とし、立ち上る湯気を見送るようにゆっくりと目を上げてフィオナを見た。

「これまでは言葉が足りなかったようで、失礼しました。今後は改めて、貴女のよき夫になれるよう努力したいと思います」

柔らかく微笑まれ、フィオナは目を丸くする。

何を言われたのかよくわからない。よき夫になる、と言ったのか。

（私の？）

薄く唇を開いてみたものの、掠れた息が漏れるばかりで声が出なかった。

動転して視線をさまよわせると、視界の隅でリズが一礼した。ティーワゴンを押して部屋を出ていこうとするので縋るような視線を向けたが、返ってきたのは、よかったですね、とでも言いたげな満面の笑みばかりだ。

リズがあんな顔をしているということは、自分の思い違いでも聞き間違いでもなく、クラウスは自分と結婚しようとしているのだろう。部屋を出ていくリズを呆然と見送っていると、そっとクラウスに呼びかけられた。

「フィオナ」

名前を呼ばれて息を呑む。この城に来てから初めてクラウスに名を呼ばれた。それしきのことで顔が熱くなって、顔を正面に向けたはいいもののクラウスの顔を見ることができない。

真っ赤になって俯くフィオナを見て、クラウスは困ったような顔で笑った。

「まずは紅茶をどうぞ。冷めないうちに」

クラウスは先んじて自分のカップを手に取ると、紅茶を一口飲んで目元を緩ませた。

「貴女の侍女は美味しく紅茶を淹れますね」

「え、ええ。リズはお茶を淹れるのが上手なんです。たくさん練習しましたから」

リズのことを褒められて、思わず反応してしまった。紅茶の淹れ方についてはさんざん指導をしたので我が事のように誇らしい。うっかり声を弾ませれば、クラウスの目元に笑みが上った。微笑ましげな顔を見てしまったら、はしゃいだ自分が急に恥ずかしくなって、ぎこちない仕草でカップを口に運ぶ。

リズの淹れる紅茶は美味しい。はずなのだが、今日は味がよくわからない。こちらを見るクラウスの目に、これまでにない熱っぽさがある気がして落ち着かなかった。どことなく態度が変わった気がするがその理由がわからず、無言で紅茶を飲み続ける。

結局ほとんど会話をすることもなく空になったカップをテーブルに戻すと、待っていたようにクラウスが口を開いた。

「実はもうひとつ、貴女に謝らなければならないことがあります」

「……まだ何か？」

クラウスは少し口ごもり、その、と言いにくそうに切り出した。

「先日、この部屋で……貴女に無体を働いたことについて、ですが」

フィオナは怪訝な顔でクラウスを見詰め、次の瞬間、顔だけでなく首筋まで赤く染め上げた。この書斎の、あの窓辺で、自分がクラウスに何をされたか思い出したからだ。

壁際に追い詰められてキスをされた。体にも触れられた。結婚前の男女がはしたないと思うべきか、この城にやってきた時点で嫁いだも同然なのだから問題ないと捉えるべきか、判断がつかないだけになるべく考えないようにしていたことを唐突に蒸し返される。

項まで赤く染め上げるフィオナを見て、クラウスが慌てたように身を乗り出してきた。

「貴女の意思を無視して本当に申し訳ありませんでした。もうあんな勝手なことはしません。今後は二度と容易に貴女に触れないと誓います」

自分の言葉を体現しようとしているのか、クラウスは胸の前で両手を上げる。心底反省している顔で、その手を自身の胸に押し当てた。

「ですから、私と二人きりになったからといって自分を傷つけるような真似はしないでください。本当に、何もしませんから」

フィオナは熱くなった頬を隠すべくクラウスから顔を背け、「なんのことです」と固い声を出した。

「自分を傷つけるなんて、そんなことを言った覚えはありません」

「『二人きりになったら何をしでかすかわからない』と言っていたでしょう」

頬にクラウスの視線を感じて頭が回らない。動転していることを気づかれたくなくて口調が速くなった。

「それは、私が貴方をどうするかわからないと、そういう意味です！」

「私を？」

「襲われて既成事実を作られても知りませんよと、そう警告したつもりで……」

「襲われる」

クラウスがゆっくりとフィオナの言葉を繰り返す。他人の声で自分の言葉をなぞられて、ようやく自分が何を言ったのか自覚した。

はっとして顔を上げれば、クラウスが唖然とした顔でこちらを見ていた。その口元にじわじわと笑みが浮かんだと思ったら、クラウスが肩を震わせて笑いだした。

フィオナは羞恥で胸まで赤くして席を立とうとする。さすがにいたたまれない。いち早くそれに気づいたクラウスが慌てて笑いを収めて席を立った。大股でテーブルを回り、フィオナの隣に腰を下ろす。

拳二つ分ほど距離を開けているとはいえ、テーブルを挟んで座っていたときよりぐっと互いの距離が近づいて心臓が跳ねた。不用意にフィオナに触れないと言った自分の言葉を守るつもりか、クラウスは膝の上でしっかりと両手を組んでこちらを見る。

「私は襲われてしまうんですか。どうやって?」

完全に面白がっている顔だ。一度飛び出た言葉をなかったことにすることもできず、破れかぶれになって久々に底意地の悪い笑みを作ってみせた。

「この場で手の内をばらすはずもないでしょう。もっと深刻になったほうがよろしいのでは？　私のように身持ちの悪い女に襲われるなんて不名誉極まりないことでしょう」

「身持ちが悪い。貴女が？」

「王都での噂はこちらまで届いておりませんか？　私が三度も婚約を破棄していることをご

存じない？」

持ちうる限り最悪のカードを切って禍々しく微笑んでみせるが、クラウスは少しも動じなかった。にっこりと笑って「伺っています」と応じる。

「婚約を破棄したのには、何やらご事情があったとか？」

「えっ」

「リズは貴女のことを心底慕っているようですね。貴女について尋ねたら、たくさんお喋りをしてくれましたよ」

（リ、リズったら余計なお節介を……！）

そう思う反面、リズがフィオナの恋心を応援したいがために奔走してくれたのもわかるので本気で怒ることもできない。

こちらを見詰めるクラウスは、何もかもわかった顔で微笑んでいる。その表情がいつになく甘く蕩けて見えるのは気のせいだろうか。

これまでフィオナに対してはどこか及び腰だったのに、どうした心境の変化だろう。戸惑いを隠せずにいると、クラウスが少しだけこちらに体を傾けてきた。互いの肩が触れないくらいの距離は保っているが、大きな体が近づいて腰が引ける。

「襲ってくださって構いませんよ？」

どうぞ、とばかり微笑まれると、もうどうすればいいのかわからない。襲いかかる前から返り討ちにあった気分だ。虚勢を張る気力もそがれ、切れ切れの声を上げた。

「……し、しません、そんなこと」

そもそもどうやって襲えばいいのかわからない。色事の経験は皆無だ。

クラウスはくすりと笑って身を起こす。

「そうですか、残念です。私からは手が出せないので」

言葉とは逆にクラウスがこちらへ手を伸ばしてきたのでどきりとした。身じろぎもせずその手を凝視していると、フィオナの肩から落ちる髪の先に指が触れた。丁寧に巻かれた金色の髪を一筋指先ですくい上げ、クラウスが軽く身を屈める。

「貴女の身には触れられないので、せめてこれだけ許してください」

囁いて、フィオナの髪の先に口づけた。

クラウスの秀でた額や高い鼻、凛々しい目元に目を奪われた。かつての婚約者たちには感じたことのなかった胸の高鳴りに息を詰めていると、クラウスがゆっくりと目を上げた。美しい鳶色の瞳を緩く細め、フィオナの髪に唇を触れさせたまま囁く。

「銀木花ですね」

フィオナの耳の上に差した花に気づいたらしい。楚々とした白い小さな花を見て、クラウスはひそやかに微笑む。

「甘い香りがする」

「……リズが、お庭から摘んできてくれたので」

「この時期になると一斉に咲くんです。毎年のことなのでもう嗅ぎ慣れたと思っていましたが、貴女が花を身にまとうと一層甘く香る気がするから不思議ですね」

指先から髪を滑り落とし、クラウスは背筋を伸ばしてフィオナを見遣った。

「先程も言いましたが、これからは貴女にとってよき夫になるべく努力するつもりです。春には婚礼を挙げたいと思っています。もしも貴女が、私を拒んでいないなら」

クラウスの体が離れたことにほっとして息を吐いたら、え、と小さな声まで漏らしてしまった。クラウスの真意がわからず視線を揺らしていると、どうしました、と声をかけられる。

「だ、だって……これまで一度も、そんなお話は……」

城に来てから一ヶ月以上が経つが、クラウスは今後の話を一切しようとしなかった。それこそが、自分と歩む未来をクラウスが想定していない証拠だと思っていたのに。

本気だろうかと顔色を窺えば、なぜか少しばかりばつの悪そうな顔をされてしまった。

「これまで今後の話をしなかったのは、自分ばかり浮かれてしまって、貴女に冷たい目を向けられるのが怖かったからです。こんな年を取った男に嫁ぐなんて、きっと貴女は納得していないだろうと思っていたので……」

まさか、と思った。この人は自分の顔を鏡に映して眺めたことがないのだろうか。そんなことを気にするほど老いた雰囲気はまとわせていないのに。

(私、望まれていたの……?)

フィオナは小さく唇を震わせ、ぎゅっとスカートを握りしめた。

クラウスの言葉が本当ならば、胸が震えるほど嬉しいことだ。でも、そう簡単に信じていいのだろうか。クラウスのことが信じられないというより、自分の幸運が信じられずに足踏みする。もしかしたら、と思った端から裏切られるのを三度も繰り返せばもう十分だ。

クラウスは静かにフィオナの様子を見守っている。何か言わなければと無理やり口を開こうとしたら、クラウスの手が伸びてきて唇の前にそっと人差し指を立てられた。指先が直接唇に触れることはなかったが、開きかけた口をとっさにつぐむ。

クラウスはフィオナの唇の前に指を立てたまま、静かな声で言う。

「迷いがあるのなら、どうか冬の間に見定めてください。私が貴女にとって最良の伴侶になれるかどうか。その間、無闇に貴女に触れるような真似はしませんから」

言葉通りフィオナの唇に触れぬまま、クラウスはゆっくりと手を引いた。

微笑みかけられ、フィオナはぱっと視線を下げる。

「わ、私が拒んだら……どうなるのです」

「無理強いはしたくありません。雪が溶け次第、ご実家に戻れるように手配しましょう」

クラウスはきっぱりと断言する。本来フィオナに決定権などないはずなのに。

この城を去れば、今度こそ修道院に入れるだろう。もう誰かに心を掻き乱されることもな

い。置いてけぼりを食らうことも。それは淋しい反面心安らかなことで、一瞬心が揺らいだ。

そんなフィオナの胸の内を見越したようにクラウスが顔を近づけてきた。

耳の上に差した花に鼻先を寄せ、小さく息を吸い込んでからクラウスはフィオナと視線を合わせる。頬に吐息がかかって息を呑んだ。

「……無理強いはしませんが、貴女が妻になってくれればこれほど嬉しいことはありません。貴女に選んでもらえるよう、これからは少しずつ私のことも知ってもらおうと思います」

フィオナは声も出せずに瞬きを繰り返す。

至近距離で微笑みかけられ、これまでと違う、と息を震わせながら思った。

つい最近まで、クラウスはフィオナと距離を取りがちだった。フィオナの手を取るときもおっかなびっくりで、必要最低限の接触しかしようとしなかったのに。

今だってクラウスはフィオナに指一本触れない。だが明らかにこれまでと雰囲気が違う。

以前のように腰が引けていない。むしろ逃がすまいと追いかけてくる。

指先で触れられることこそないが、熱っぽい声と視線に追い詰められる。

クラウスが首を伸ばしてきて、フィオナの耳元に飾られた花にキスをした。

小さな花が揺れる。慎ましやかな見た目とは裏腹に強く香る花だ。

甘くて甘くて、酔ってしまいそうで、フィオナは酩酊したように赤くなった顔を伏せた。

その日を境に、フィオナに対するクラウスの態度が変わった。

これまではリズに言伝を頼む形で声をかけてくることがほとんどだったが、直接フィオナの部屋を訪ねてくるようになった。食事も毎日誘われる。

柔らかな物腰で接してくれるのは相変わらずだが、ときどき笑顔で強硬手段に出る。

フィオナが食堂に来ないのなら自分も食べない、などと言われたときは驚いた。城主に食事をさせないわけにもいかず渋々食堂へ赴けば、クラウスは心底嬉しそうな顔でエスコートしてくれ、フィオナのために椅子まで引いてくれた。

執事や侍女たちはやや複雑そうな顔だった。気持ちはわかる。生意気な態度を繰り返してきたフィオナの世話を、自分たちの主人が甲斐甲斐しく焼いているのだ。釈然としないだろう。

このときばかりはさすがのフィオナも毒舌を繰り出すことができず、大人しく食事を終えてそそくさと食堂を去った。これまで何をするにも文句ばかりだったフィオナを見送る侍女たちの視線が痛かったものだ。

仕事の合間に紅茶を飲まないかと誘われることもあった。紅茶は客間で飲むこともあれば、庭の東屋で飲むこともあった。そういうときはクラウスと庭を散歩もした。

散歩中、クラウスは紳士らしくフィオナに腕を貸してくれるが、自らこちらに指を伸ばすことはしない。ただ、四六時中フィオナを見て微笑んでいる。視線が交わると目尻に浮かぶ笑い皺が深くなり、気恥ずかしくなって上手くクラウスを見詰め返せなかった。

「春とは言わず、すぐにでも婚礼を挙げてはいかがですか」

朝食後、自室に戻ったフィオナの髪を結いながら、リズは含み笑いでそんなことを言う。

「旦那様がフィオナ様を大切にしていらっしゃるのは傍目にも明らかですよ。フィオナ様だって嬉しいんでしょう？」

「……そんなふうに見える？」

「見えますよ。私だけでなく、他の侍女たちも言ってます。旦那様に構い倒されて、恥ずかしそうで嬉しそうな顔をなさるフィオナ様は可愛らしいと」

「嘘をつかないで。これまで侍女たちに嫌なことばかり言ってきたのよ。面白がられることはあっても、可愛いなんて好意的なことを言われるわけがないわ」

リズは「本当ですよ」と言いながら手際よくフィオナの髪を結っていく。

最初こそ不器用さが目立ったが、きちんと時間をかけて教えればリズはゆっくりと着実に知識を吸収していくタイプだった。今や実家にいた侍女たちと遜色ないくらいきびきびとフィオナの世話を焼いてくれる。

「フィオナ様は私みたいな粗忽者も見放さずにきちんと仕事を教えてくださいましたからね。それだけでも他の侍女たちから尊敬されているんです。特に私を教育していた侍女頭は驚いてましたよ。フィオナ様は大層気の長い方だと」

「他の侍女たちは忙しくて貴女に仕事を教えている暇がなかっただけでしょう。私は暇を持て余していたからいろいろなことを教える時間があっただけだわ」

普段は垂らしているフィオナの髪を結い上げながら、リズが柔らかな声を立てて笑う。

「こうして私と二人でお部屋にいるときは絶対に他人を悪く言わないんですよね。私、侍女の皆に言っておきました。フィオナ様は自室にいるときは、この城の侍女のことを『手際がいい』、『私情に走らないから優秀だ』って褒めていらっしゃると」

「やめてちょうだい、どうせ皆信じないわ」

これまでさんざんフィオナに嫌みを言われてきた侍女たちにはさぞ白々しく聞こえたことだろう。そういうことはしなくてもいいと念を押している間に身支度が整った。

髪を編み込んで項を出したフィオナを見て、リズは満足そうに頷いた。

「我ながら上出来です！　それにしても珍しいですね、フィオナ様が髪を結い上げてほしいだなんて」

「今日は少し、外出する予定があって……」

「えっ、お城から出られるんですか？　こちらにいらっしゃってから初めてでは？」

そうね、と頷き、フィオナは頬の辺りで揺れるほつれ毛を指先でいじる。

「どちらに行かれるんです？　馬車でお出かけですか？」

「まさかフィオナ様、乗馬のご趣味が？　でも、王都はどうか知りませんが、この辺りの土地は荒れていますよ。かなり揺れると思いますが……」

「……クラウス様が、遠乗りに連れていってくださるとおっしゃるから」

違うわ、と首を横に振り、フィオナは俯きがちに答えた。

リズはひとつ瞬きをすると、たちまち口元を緩めた。

「なんだ、そうだったんですね。なるほど、クラウス様と二人で、馬に乗って」

「何よ、にやにやして」

「いえいえ、大変仲がよろしいようで、私は本当に嬉しいです」

「仲がいいというか……あまり熱心に誘ってくださるから断れなくて。それに、もう長いこと城の外に出ていないし……」

言い訳めいたフィオナの言葉に、リズは笑顔で相槌を打っている。

クラウスがしつこいから仕方なく、と口にしようとしたが、やめた。フィオナの恋心などリズにはとうにばれている。

クラウスは本気でフィオナと結婚するつもりがあるようだし、もう無理につっけんどんな態度を取る必要などないのにまだ素直になれないのは、フィオナが自分に対する自信を取り戻せないせいだ。また土壇場で手を離されたらと思うと怖い。

表情を曇らせたフィオナに気づいたのか、リズがポンと肩を叩いてくれる。

「ともかく今日は楽しんできてください。久々の外出なんですから」

友人のような気軽さで肩に手を置いてくるリズに力なく笑い返し、そうね、とフィオナも頷いた。


髪を結い上げ、新緑のような緑のドレスに外套をまとって、歩きやすいようブーツを履く。すっかり身支度を整えてそわそわしていると、クラウスが部屋まで迎えに来てくれた。

クラウスはいつもと同じ白いシャツに黒いズボンを穿いて、焦げ茶の外套をまとっていた。

廊下まで出てきたフィオナを見て、少し驚いたような顔をする。

「髪を結い上げているところを初めて見ました」

「……風に煽られると、邪魔なので」

「髪を下ろした貴女も素敵ですが、そうして結い上げているのもよく似合っていますよ」

褒め言葉にふわっと頬が熱くなる。部屋に残ったリズが嬉しそうに両手を握りしめているのが目の端に映って気恥ずかしい。クラウスはいつもと違うフィオナの装いを気に入ったのか、花を愛でるような表情でずっとこちらを見ていて、ますます顔を上げられなくなった。

俯きがちに一階に降りて回廊を渡り、西の庭に出る。フィオナがこの城に来たとき、馬車で乗り入れた庭だ。正門の近くには馬に乗った男性が二人いた。それとは別に、城の者に手綱を引かれた馬も一頭いる。あれがクラウスの馬らしい。

馬に近づいたフィオナは、その巨体を見上げて畏怖の混ざる溜息をついた。

艶やかな毛並みが美しい黒い馬だ。王都で馬車を引いていた馬より大きく見える。人間など簡単に踏み潰されそうで、さすがに怯んだ。

クラウスは馬に近づくと慣れた調子でその首に手をかけ、振り返ってもう一方の手をフィオナに差し出した。

「どうぞ、乗ってください」

「の、乗れとおっしゃられても……どうやって……」

「もちろん、手をお貸しします。貴女が許してくれるなら」

容易にフィオナに触れない、と口にしたことをクラウスは律儀に守り続けている。今回のようにどうしてもクラウスが手を借さなければいけないときも、一言フィオナに断ってからだ。そこまで徹底しなくても、と呆れてしまうことすらある。

「それでは、失礼します」

覚悟を決め、差し出された手を取って馬の傍らまで行くと、クラウスが軽く身を屈めた。

「えっ」

大きな手で腰を摑まれて目を見開く。勢いよく体が浮き上がったと思ったら、一息で馬の上まで持ち上げられて、鞍の上に横座りにさせられていた。

こんなふうに体を持ち上げられたのは、幼い頃に父親に抱き上げられて以来だ。子供を抱えるのと同じ要領で軽々と自分を持ち上げてしまったクラウスの腕力に驚く。

しかし悠長に感心していられたのはそこまでで、すぐに馬上から見た地面の遠さに眩暈を起こしかけた。いつもよりずっと視線が高い。恐怖で身を強張らせれば、クラウスも鐙(あぶみ)に足をかけて軽々と馬の背に上がってくる。

「行きましょうか」

振り返ると、すぐ真後ろにクラウスがいた。肩に胸が触れる距離だ。左右からクラウスの腕が伸びてきて手綱を握ればフィオナの体はその間にすっぽりと収まって、途端に心臓が落ち着かなくなった。

「不安なら、私の腕を摑んでいてください」

馬上は思ったよりも高いし、乗馬の経験もないので不安は不安だ。逡巡の末、フィオナはおずおずとクラウスの腕に手をかける。固い腕はフィオナに摑まれてもびくともしない。

「では、行きましょう」

ゆっくりと馬が歩き出す。思ったよりも大きく揺れて、とっさにクラウスの腕を握りしめた。さすがに力を入れすぎてしまったかと思ったが、クラウスは何も言わずフィオナの好きにさせてくれる。その口元に浮かんでいるのは機嫌のよさそうな笑みばかりだ。

馬の背に揺られながら、手綱を持つクラウスの手元へ視線を滑らせる。

これだけ体を密着させても、クラウスがその手でフィオナに触れることはない。書斎でフィオナに強引に迫ってしまったことを後悔しているのか、過剰なほど接触を避けている。自身の言葉を違(たが)えないその心意気は立派だ。けれど。

(本当に私と結婚するつもりがあるのなら、もう少し、さ、触ってくれてもいいのでは……?)

ついそんなことを思ってしまい、はしたない、と顔を赤らめる。

しかし極端に接触が少ないのは事実だ。この調子で結婚したらどうなってしまうのだろう。

(こうも徹底して触れることを避けるなんて、本当は私のことがお嫌いなんじゃ……?)

そんな疑問すら湧いてきてそろりとクラウスを見上げると、視線に気づいたのかクラウスもこちらを見た。

「揺れが大きいですか? もう少しゆっくり行きましょうか?」

「い、いえ……その必要はありません」

「疲れたら遠慮なく言ってくださいね。馬を止めて休憩しましょう」

そう言って、クラウスは目尻を下げて笑う。

嫌っている相手に向けるにしては甘すぎるその顔を直視できず、フィオナはぎこちなく視線を下げた。こんな顔を見たら、嫌われるどころかとんでもなくクラウスに好かれているのではと思い上がってしまう。これが勘違いだったら今度こそ立ち直れない。

従者二人を引き連れて城門を潜り、見晴らしのいい丘を下る。冬空の下、遠くに低い山々が連なっているのが見えた。その手前には黒い森が広がっている。

「西に進むと、城から一番近い村があります。今度そちらにも顔を出してみましょう。北には川が流れていて、先日氾濫を起こしかけました。近く治水工事を行う予定です。今日は森に行ってみましょうか。城の窓からも見える森です」

ゆったりと馬を走らせながらクラウスは城の周辺情報を教えてくれる。思えばこの土地のことについて誰かから教えてもらうのは初めてだ。真剣に耳を傾けていたら、心配顔のクラウスにひょいと顔を覗き込まれた。

「……王都と違って本当に何もない土地なので、つまらないかもしれませんが」

急にクラウスの顔が近づいてきたものだから、驚いてまた強くクラウスの腕を握りしめてしまった。慌てて指先から力を抜き、いいえ、と首を横に振る。

「つまらないなんて、そんなことはありません」

王都とはまた違う魅力のある美しい土地だ。フィオナはもともと流行のドレスや茶会にあまり興味がなく、子供の頃は木に登って両親に叱られるくらい活発に外で遊び回っていたので、なだらかな山並みも広大な草原もお世辞ではなく魅力的に目に映った。

クラウスは言葉の真意を測るようにじっとフィオナの横顔を見詰めて口を開いた。

「こんな辺境の土地ですが、ここは国の要です。隣接する異民族たちにこの地を奪われれば、ここを拠点に国ごと奪われるかもしれない」

不穏な言葉にどきりとして目を上げると、宥めるように笑いかけられた。

「攻め入る敵は追い払うのでご心配なく。そのために私はここにいるのですから」

「そ、そうですね……」

頷いてみたものの、本当にこんな物腰の柔らかな人が敵を撃退できるのだろうか。剣を振る姿すら想像がつかずまじまじとその顔を見ていると、ふいにクラウスが前を向いた。

フィオナを見ていたときの優しい眼差しから一転、遠くを見据える目は鋭い。視界に不審なものがないか警戒する顔は厳しく、柔和に見えてもクラウスは武力でこの土地を治めているのだと改めて実感した。

フィオナの顔に緊張が走ったことに気づいたのか、こちらに視線を戻したクラウスが表情を和らげる。

「今のところ周辺諸国が攻め入ってくる様子はありません。今年は長雨が続いて作物が不作気味でしたし、食料の調達に四苦八苦して攻め入るどころではないようです」

「でしたら、この領地も……？」

「私たちは毎年きちんと備蓄をしていますから、この程度の不作は問題になりません。領民たちも備蓄の大切さを理解してくれているので助かります」

ひゅっと強い風が吹いてクラウスの前髪を揺らす。一拍遅れて草原が波打って、クラウスは眼前の広大な土地に目を向けた。

「この土地に、王都のような賑やかな街はありません。ただ山と森があるばかりですが、代わりに土が豊かです。ここは国の食糧庫を担ってもいます。そういう意味でも、この土地を異民族に奪われるわけにはいかないんです」

王都から遠く離れた辺境の地に、フィオナも一緒に目を向ける。

この土地を、何もない田舎だと口走った自分を今更恥じた。異民族の侵略から国を守り、王都の人々の胃袋まで満足させている、まさに国の要となる場所だ。

「王から辺境伯の称号を賜った以上、私はこの土地から生涯離れられません。ですから……」

それまで堂々と喋っていたクラウスの声が急に尻すぼみになった。何かと思えば、弱り果てた顔でフィオナを見てこんなことを言う。

「……妻となる貴女には、退屈な思いをさせてしまうかもしれません」

申し訳なさそうに眉を下げるクラウスを見て、フィオナは目を瞬かせた。

結婚すれば、当然フィオナは残りの人生をこの土地で過ごすことになる。そのことを、クラウスがこんなにも親身になって案じてくれていたことが意外だった。

「なるべく貴女が淋しい思いをせずに済むよう、王都から商人や詩人を呼び寄せるようにはしますが……さすがに限度があると思いますので」

フィオナは瞬きも忘れてクラウスの顔を凝視した。

（……私、本当にこの方の妻になるんだわ）

前触れもなく実感が湧いて、かぁっと顔が熱くなった。間を置かず、胸の底から間欠泉のように噴き上がってきたのは歓喜だ。自分でも驚くほど圧倒的な喜びに呑まれて声が出ない。

クラウスは本気だ。本気でフィオナを妻に迎えようとしているし、長くこの地でフィオナと過ごそうとしてくれている。手放すことが前提ではない。

それをこうして、言葉と態度で伝えようとしてくれたのが嬉しかった。

自分もその気持ちに応えたくなって、フィオナは赤くなった顔を伏せてぼそぼそと呟いた。

「……商人や詩人など、呼ばなくても」

「ん？　なんです？」

フィオナの声が小さすぎたのかクラウスが身を屈めてくる。一瞬口ごもったが、思い切って少し声を大きくした。

「こうして馬に乗ってクラウス様がいろいろな場所に連れていってくださるのなら、退屈でも淋しくもありません……！」

もうずっとクラウスに対してつっけんどんなことしか言えなかったフィオナが、やっと口にできた歩み寄りの言葉だ。馬の蹄の音に掻き消されぬよう声を張ったら、なんだかやけにぶっきらぼうな口調になってしまったが、ようやく言えた。

そろりと顔を上げると、クラウスが目を丸くしてこちらを見ていた。歩み寄るのが遅すぎただろうかとどぎまぎしていると、ふいにクラウスが破顔する。

「また一緒に、私と遠乗りに出てくださるんですか」

子供じみた笑顔に驚いて、声も出せずに頷いた。

クラウスは一層笑みを深くして、「失礼」と言うが早いか馬の腹を蹴った。

突然ぐんと馬の速度が上がって、フィオナの体がぐらりと揺れる。勢い余ってクラウスの胸にぶつかって、とっさにその胸に縋りついた。

「き、急に何を……！」

「すみません、つい、嬉しくて」

声に笑いを滲ませ、クラウスは片手でフィオナの肩を抱いた。

「そのまま、私の胸に寄りかかっていてください」

肩を抱く手は一瞬で離れたが、大きな掌の感触が肌に残って鼓動が乱れる。

馬は軽快に野を走る。上下に揺れる視界の中で、クラウスは嬉しさを隠しもせずに笑っている。その顔を見て、フィオナもようやく自分の本心を受け入れる。

（……私はこの方の妻になりたい）

かつての婚約者たちのように、クラウスもあっさりと自分を置き去りにしてしまうのではという不安が完全に拭えたわけではない。けれど本当に相手のことを好きになってしまったら、『そばにいたい』という想いが諸々の不安さえ押しのけてしまうのだと初めて知った。

(伴侶として、クラウス様とともにありたい)

クラウスの胸に凭れたまま視線を上げる。斜め下から見上げるクラウスの笑顔は少年じみていて、フィオナは胸の奥を鷲摑みにされたような気分で目を伏せた。

しばらく馬を走らせて、城の二階から見えるあの黒い森の入り口に到着した。

「お前たちはここで待っていてくれ」

二人の従者に声をかけ、クラウスは供をつけずに森へ入っていく。フィオナは森の入り口を振り返り「よろしいんですか？」と尋ねた。

「ええ。森の中は道幅が狭いので供をつけていくと動きが取りにくいんです。私ひとりでは心もとないかもしれませんが、迷ったりはしませんのでご心配なく」

「そ、そんな心配はしておりませんが……」

うろたえるフィオナを見て、クラウスは楽しそうに笑っている。もうずっとこんな調子で機嫌がいい。フィオナのほうが照れくさくなってしまうくらいだ。

常足に戻った馬の背に揺られ、ぐるりと森の中を見渡す。

城から見たときはいかにも鬱蒼として見えたが、実際中に入ってみると木々の間から木漏れ日が差し、思った以上に明るかった。耳を澄ませば鳥やリスなどの小さな動物たちがそこここで動き回る気配がして実に賑やかだ。嫁いできた当初、この森に子供が捨てられているのでは、などと陰惨な想像を膨らませていた自分が恥ずかしくなってくる。

森の中に踏み固められた獣道があり、馬はその細い道を外れることなく奥へと進む。

「この道は、どこへ続いているのですか？」

尋ねると、クラウスはにっこりと笑って「素敵な場所です」とだけ言った。到着するまでのお楽しみ、と言ったところか。

「道を外れさえしなければ確実に辿り着けます。万が一、森で供の者とはぐれてしまったらこの道を探してまっすぐ歩いてください。分かれ道はありません」

会話を続けながら森の奥へと入っていく。たまに頭上で鳥が羽ばたき、クラウスと一緒に音のしたほうへ顔を向けた。木々の間から差し込む光が眩しくて鳥の姿を認めることはできなかったが、クラウスは森にこだまする鳥の声を聞き分け「ミソサザイですね」と目を細める。

「お詳しいんですね」

「子供の頃はこの森で遊んでばかりいましたから。ほとんど庭のようなものです。これから向かう場所も、こんな道を通らずとも直線距離で辿り着けますよ。道が険しいので馬を乗り捨てていかなければいけませんが」

「……道を外れて、迷ったりしませんか？」

「心配してくれるんですか？」

からかうような口調で問われて口ごもる。これまでなら「まさか」と鼻で笑ってあしらっていたところだが、クラウスの妻になるのならそんな小芝居も必要ない。

上手く言葉は出なくとも、頷くだけでも想いは伝わる。無言で首を縦に振った。

常になく素直なフィオナの態度に驚いたのか、一瞬目を丸くしてからクラウスがフィオナの髪に唇を寄せてきた。

「どうしたんです。今日は私を喜ばせるようなことばかりして」

笑いを含んだ柔らかな吐息が髪を撫でてどきどきした。

ほんの少し素直になっただけで、こんなにもクラウスは喜んでくれる。夫婦になるのだから心配ぐらいして当然だと、そう言ったらどんな顔をされるだろう。思い切って口にしようか、やめようか、悩んでいたらふいに視界が開けた。

それまで視界を遮っていた木々が急に途切れて見晴らしがよくなる。木々の間を縫って到着したのは、湖だ。大きな楕円の湖で、そこだけぽっかりと森が途切れている。

湖の色は美しいエメラルドグリーンだ。水は澄み切って、鏡のように周囲の木々を映し出す。風が吹くと波紋が立ち、波頭に真上から降り注ぐ陽光が反射した。

「……綺麗」

呟くと、クラウスが手綱を引いて馬を止めた。

「少し歩きましょうか」

先に自分が馬を降り、近くの木に馬の手綱をくくりつけてフィオナに手を伸ばす。

鐙に足をかけておっかなびっくり腰を浮かせると、馬に乗ったときと同じように腰を掴まれ、ふわりと地面に下ろされた。大きな手はすぐに離れ、代わりに肘を折った腕を差し出される。

庭を歩くときも、クラウスはこうして腕を貸してくれる。森の中は庭よりずっと足場が悪く、フィオナは礼を言って差し出された腕に手を添えた。

早速湖畔を歩き出すと、どこかで鳥の声がした。「ミソサザイですか？」とクラウスに尋ねれば、笑顔で首肯が返ってくる。フィオナが鳥の姿を探していると、そっと腕を引いて進行方向を変えてくれた。足元に落ちていた木の枝にフィオナが躓かないようにしてくれたらしい。顔を向ければ必ず目が合う。フィオナが森の情景に目を奪われている間もクラウスはずっとこちらを見ているのだと気づいてしまったら、もうそちらを見られなくなった。

湖を半周ほどしたところでクラウスが足を止めた。目の前には大きな木が立っている。年を経た大木は、大人が三人手をつないで輪を作ってもまだ足りないくらい幹が太かった。

「……大きな木ですね」

「ええ、子供の頃はよくこの木に登って遊んでいました」

ごつごつとした幹を眺め、確かに、と頷く。

「登りやすそうな木ですね。私もよく木に登っていました。母に叱られましたが」

思わず呟いてしまってから、はっとして横目でクラウスを見た。思った通り驚いたような顔をされてしまい、貴族の娘が木登りなんてさすがにお転婆が過ぎたかと慌てて言い足す。

「今は登っていません！　子供の頃の話です！」

「それは……そうでしょうね」

「昔登っていたのも、これほど大きな木ではなかったです……」

余計なことを言ってしまったと後悔していたら、クラウスが息を震わせるようにして笑った。

「そうですか、木登りを……」

「こ、子供の頃の話です」

「わかっています。案外活発な幼少期をお過ごしだったようで」

口元に拳を当て、クラウスはなおも笑いながら言った。

「城に来てからはずっと部屋にこもっていたので、てっきり外に出るのはあまりお好きでないのかと思っていました」

「……そういうわけではありません」

「そのようですね。退屈な思いをさせてしまい、失礼しました」

唇に笑みを残したまま、クラウスはフィオナの手を引いて大きな木の裏に回り込んだ。

「木に登ることはできませんが、かくれんぼをすることはできるかもしれませんよ」

悪戯めいた声で囁いて、クラウスが木の裏側を指さした。

そこにあったのは、幹に黒々と開いた大きな洞だ。フィオナひとりくらい悠々と入り込める大きさに、まあ、と思わず声が漏れた。

「中に入ってみると案外広いんですよ。落ち葉が敷いてあるので暖かいですし」

「入ったことがあるんですか？」

「もちろん。こんなものを見つけてどうして入らずにいられましょう」

当然のように言い返され、つい声を立てて笑ってしまった。物静かな印象が強かったクラウスだが、案外腕白な子供だったのかもしれない。笑いながら、冗談半分で尋ねてみる。

「大人になってからも入ったことが？」

「それはご想像にお任せします」

にっこりと笑うクラウスを見て眉を上げる。即座に否定しないあたりが怪しい。

存外茶目っ気のある受け答えをする人だ。知らなかった。そんなことを知る機会もないくらい、これまでは自分がクラウスを避けていたということなのだろう。

三度も離婚を繰り返し、王都では不穏な噂の尽きない辺境伯。そんなイメージに囚われ、端からクラウスと向き合おうともしなかった。

クラウスには申し訳ないことをした。それに、惜しいことをしたとも思う。もっと早く心を開いていれば、一ヶ月近く無為にひとりで過ごす必要もなかったかもしれない。

消沈して俯いていると、頰に落ちるほつれ毛にそっとクラウスの指が触れた。

「この木の洞は、私の秘密の隠れ場所なんです」

「……秘密の？」

「ええ。両親はもちろん、長年私に仕えている執事も、城の者も誰も知りません」

目を細め、クラウスはひそやかに囁く。

「貴女だけです。この秘密を教えたのは」

指の背で頰を撫でられ、息を吞んだ。

秘密と言っても、たかが木の洞だ。だが、子供の頃から守ってきた大切な場所だったのだろう。それを自分にだけ打ち明けてくれたのかと思ったら胸が騒いだ。

子供時代のクラウスは、どんなときにこの木の洞に隠れたのだろう。勉強に飽きたときだろうか、両親に叱られたときか。あるいは逆に、手に余るような喜びや興奮を抱えてこの木の洞に飛び込んだこともあったかもしれない。

クラウスが見せてくれた秘密は木の洞だけでなく、ここで過ごした時間そのものだ。掌で包んだ濃密な記憶の堆積を、そっと覗かせてもらったような気分になった。

フィオナは一心にクラウスを見上げる。

クラウスがここでどんなふうに過ごしたのかいつか教えてほしいと思ったし、きっと教えてくれるだろうと素直に信じられた。クラウスがそばにいる未来を当たり前に思い描いている。そんな自分に気づいて、軽い驚きを覚えた。

胸に凝（こご）った不安がすべて消えたわけではないが、もしかしたらと思った。クラウスなら、この先もずっとそばにいてくれるのではないかと。

フィオナの頬に指を添え、クラウスは穏やかに笑う。

「もしも森で迷子になってしまったら、この湖を目指してください。日が落ちても、この木の洞に入っていれば寒さをしのげます。ここで待っていてくれれば必ず迎えに来ますから」

「……貴方が？」

そうであってほしい、という願いを込めて呟けば、しっかりと頷かれた。

「もちろん、私が。貴女を探しに行くのは夫である私の務めです」

指の背でするりと頬を撫でられて、息苦しいほど胸が高鳴った。

嬉しい。そう伝えたい。これまでさんざん憎まれ口を叩いてきたのに今更だろうか。本心を口にすることを躊躇していたら、クラウスがはっとしたように手を引いた。

「貴女が嫌でなければ、ですが」

フィオナに無体はしない、という言葉をクラウスは未だ誠実に守っている。そのことが、今は少しだけもどかしい。フィオナは視線を揺らし、小さな声で呟いた。

「……嫌ではありません」

「そうですか、よかった」

こんな他愛もない一言で、クラウスは心底ほっとしたような顔をする。クラウスに触れられることも、迎えに来てもらうことも、フィオナが嫌がるわけもないのに。今からでもどうにかして本心をわかってほしくて、フィオナはぐっと顎を上げると思い切って口を開いた。

「私たち、夫婦になる、のでしょう」

緊張で息が乱れ、言葉がぶつ切りになってしまった。

これまでフィオナは、一度としてこの結婚に対して肯定的な言葉を述べてこなかった。過去の自分の暴言を思い出せばいたたまれない気分になったが、フィオナは自らを鼓舞してクラウスの顔を見詰める。ここで目を逸らしてしまってはきっと本心が伝わらない。

クラウスは目を丸くして、一度は離した手を再びフィオナに近づけた。初めてフィオナに触れたときのようにぎこちなく指を伸ばし、指先が頬に触れるか触れないかという位置で手を止める。

「……夫婦になってくれるんですか」

掠れた声で問われ、小さく頷き返した。

「ク……クラウス様が、そう望んでくださるなら……」

「望みます。もうずっと前から、そう伝えてきたつもりです」

間髪を容れずに言い返される。こちらを見詰める顔は真剣そのものだ。

フィオナは震える手を上げ、自らクラウスの手を取って掌に頬を寄せた。

「……嬉しい、です」

頬に触れたクラウスの手に緊張したような震えが走った。けれどそれは一瞬のことで、すぐにもう一方の手も伸びてきて両手で左右から頬を包まれる。クラウスの顔が近づいてきて、ひたむきに見詰められるともう目を逸らせない。

互いの額がぶつかる距離で動きを止め、クラウスが小さく唇を動かした。

「フィオナ」

名前を呼ばれる。それだけで息が止まりそうになるのはなぜだろう。聞き慣れた自分の名が、クラウスの低い声で囁かれるとなんだか特別な響きを伴って鼓膜を震わせる。

クラウスはこちらから一瞬も目を逸らさず、本当ですか、と尋ねた。

「気まぐれでそんなことを口にすると、後に引けなくなりますよ……？」

「気まぐれなんて……」

いつになくクラウスの声は低い。嘘や偽りを許さない声だ。フィオナは両手で頬を包まれたまま、小さく顎を引いて頷く。

「本心ですか」

クラウスの目が揺れた。信じるか信じまいか迷うような顔だ。ややあってから、詰めていた息をふっと吐いて目を伏せる。

「貴女の言葉に一喜一憂する姿を見せるのは、少々情けないのですが……」

伏せていた目を上げ、クラウスは蕩けるような顔で笑った。

「私も、嬉しいです」

至近距離から愛しげな笑みを向けられ、今度こそ息が止まった。息を継ごうと小さく口を動かせば、クラウスの視線がするりとそちらに向く。

息が触れ合うほど顔を寄せ合った状態で唇を見詰められると、嫌でも書斎で交わしたキスを思い出した。ぎこちなく唇を閉ざせば、親指の腹でそろりと頬を撫でられる。まだどこか遠慮を窺わせる指先で頬から目の下を辿られ、潜めた声で囁かれた。

「……キスをしても？」

ともすれば、森のざわめきに掻き消されてしまうくらい小さな声で尋ねられた。

こちらを見詰めるクラウスの目は熱っぽい。それでいて、緊張した面持ちも隠せていなかった。一心にフィオナの答えを待つその姿を見ていたら胸の底から滾々と愛しさが湧いてきて、答える代わりに目を閉じた。

視界が閉ざされると、耳に触れる森の音が鮮明になる。木々のざわめきと、微かな水音。どこかで鳥が鳴いて、木の枝から下草に何かが落ちる音がする。

ざわざわと落ち着かない音に重なるのは、忙しなく脈打つ自分の心臓の音だ。

まだクラウスの手に重ねたままだった左手で、そっとクラウスの手を握った。

唇に息がかかり、その感触を追うように柔らかく唇が重なる。

蝶が舞い降りたような軽いキスだ。目を開けると、すぐそこにクラウスの顔があった。互いの顔が近いので目元しか見えない。

クラウスが瞼を開ける。鳶色の瞳を見た瞬間、クラウスが離れがたいと思っているのがわかった。きっとクラウスも、フィオナの目の中に同じ感情を読み取ったはずだ。

どちらからともなく目を伏せて、もう一度唇を重ねた。触れて、離れて、また触れて、唇に熱い溜息がかかったと思ったら、弱い力で唇を噛まれる。

「あ……」

痛くもないのに声が出てしまった。同じ場所を今度は舌先で辿られて唇が緩んだ。すぐに唇の隙間からクラウスの舌が忍び込んできて、いつかと同じ熱い舌を抗わず受け入れる。

「ん……」

口の中をとろりと舐められ、鼻から抜けるような声が漏れた。柔らかな口内をじっくりと舐められて息が乱れる。舌先を軽く噛まれ、驚いて舌を引くと宥めるように目の下を撫でられた。おずおずと舌を出せば、今度は軽く吸われる。

濡れた音を立てて舌を食まれ、唇を吸われて膝が震えた。どうしていいかわからず恥ずかしい。でもだんだんと速くなっていくクラウスの息遣いを感じると、やっぱり離れたくない。

縋りつくようにクラウスの手を握りしめると、ひと際深く舌を差し入れられた。

フィオナの頬を包むクラウスの手に力がこもって、びくりと体が震えた。それに気づいたのかクラウスの指先から力が抜け、重なっていた唇も離れる。

は、と短く息をつき、目を開けるとクラウスがこちらを見ていた。怖いくらいに真剣な顔で、なんだか今にも嚙みつかれそうだ。

背筋に震えが走る。怖い。でも、もっとその目を見ていたい。

クラウスはしばらく食い入るような目でフィオナを見詰めてから、ゆっくりと身を引いた。自身を落ち着かせるように深く息を吐き、視線を空に向ける。

「……雨ですね」

フィオナに覆いかぶさるようにキスをしていたクラウスの体が離れると、頬にぽつりと雨粒が落ちた。城を出るときは晴れていた空が、いつの間にか灰色の雲に覆われている。

ぽつぽつと降っていた雨はすぐ大粒になり、「戻りましょう」と固い声で言われた。

クラウスが差し出す腕に手を添え、歩き出そうとしたが膝が震えて上手くいかない。なんとか次の一歩を踏み出そうとしたら、クラウスが振り返って身を屈めた。

膝の裏に手を入れられたと思ったら、次の瞬間にはもう一息で抱き上げられた。驚いて声を上げたが、フィオナを横抱きにしたクラウスはすでに馬に向かって歩き出している。

「強い雨になりそうです。急いだほうがいいでしょう。今回は……見逃してください」

何を見逃すのかとっさにわからなかったが、突然フィオナを横抱きにしたことを指しているらしい。　構いませんが、と口の中でもごもごと返事をしている間に馬のもとへと戻ってきた。

クラウスはフィオナを馬の背に乗せると、木にくくりつけていた馬の手綱をほどいて自分も素早く馬にまたがった。すぐに馬が走り出し、思ったよりも大きく体が揺れてとっさにクラウスの胸にしがみつく。

「少し急ぎます。しっかり摑まってください」

クラウスも片腕でフィオナの背を抱き、落ちないように支えてくれた。

力強い腕の感触にドキリとする。馬は軽やかに大地を蹴って、森に入ってきたときよりずっと速く小道を駆け抜け、あっという間に森の外に出てきてしまった。

森から出た瞬間、ざあっと雨が顔に吹きつけた。森の中では木々が庇の代わりになって雨を遮ってくれていたらしい。森の入り口で待っていた従者たちはもうかなり濡れている。

「待たせてすまない。すぐ城に戻る」

従者の傍らを走り抜けながらクラウスが声を張る。初めて聞く大きな声は凛として、肌まで震わせるようでどきりとした。

雨は外套を濡らし、その下のドレスにまでじわじわとしみ込んでくる。体温を奪われ小さく震えていると、クラウスが自分の胸にぐっとフィオナの体を抱き寄せた。

広い胸に頬を押しつける格好になって息が止まった。フィオナが身を固くしたことに気づいたのか、クラウスが「申し訳ない」と急いた口調で言う。

「貴女がこれ以上濡れないようにと……他意はありません」

わかっています、と伝えるべく、無言で頷く。その一方で、構わないのに、とも思った。これくらいの接触、なんの問題もない。触れてくれて構わない。むしろ夫婦になるのなら、こんなにも神経質に触れ合いを避ける必要などないのではないか。

そこまで考えて、これではまるで自分のほうがクラウスに触れてほしいと願っているようだと気づき頬を赤くした。

しばらく馬を走らせて、ようやく城に到着する頃には雨脚がかなり強くなっていた。

庭先で馬を止めるとすぐに従者たちが使用人を呼ぶべく城の奥へと駆けていった。クラウスも馬を降り、フィオナの腰を摑んで馬から降ろす。

「すぐに侍女たちが着替えを持ってくるでしょう。それまで少し我慢してください」

クラウスは雨からフィオナをかばうようにその腰を抱き寄せる。濡れた外套越しにクラウスの体温が伝わってくるようでドキドキした。きっと今、隠しようもなく顔が赤くなっている。

俯いていたら、腰に回されていたクラウスの腕が緩んだ。

「……失礼しました。無体な真似はしないと約束したのに」

クラウスの体が離れ、冷たい風が互いの体の間を吹き抜ける。また離れていってしまうのかと思ったら、手を伸ばしてクラウスの外套を握りしめていた。

引き留められたことに気づいたのか、互いの距離を取ろうとしていたクラウスが動きを止めた。それ以上離れようとはしないものの、再び腰に腕を回すこともなく戸惑った様子でその場に立ち尽くしている。

フィオナは俯いたまま、クラウスの外套を強く握りしめた。今この手を離したら、クラウスはきっと互いの体が触れない距離まで退いてしまって、お互い別々の部屋に戻ることになる。それはなんだか淋しくて、まだもう少しクラウスと一緒にいたくて、必死でクラウスを引き留める言葉を探した。

「……クラウス様は、すぐに無体な真似とおっしゃいますが……私が嫌がっていないときは、無体とは言わないのではないでしょうか……」

過剰に気を使う必要はないと伝えたかった。上手くいったかはわからない。

しばし沈黙が流れ、クラウスが押し殺したような溜息をつく。

心臓の裏側を冷たい手で撫で上げられたようにひやりとした。慎みのない女だと思われただろうか。慌てて外套から手を離そうとすると、引き留めるようにクラウスの手が重ねられた。

「そんなことを言われると、貴女を離せなくなってしまうのですが」

雨の音と重なり響くクラウスの声にはいつもの余裕がない。俯いたフィオナの耳元にクラウスが唇を寄せる。

「これでも必死で自制心を保っているんです。本当は、このまま貴女を私の部屋に連れ込んでしまいたいくらいなのに」

声は低く、どこか脅しめいた響きすらあった。けれどフィオナはその声の端々に、隠し切れない甘さを感じてしまう。フィオナの手を摑むクラウスの指先にはしっかりと力がこもっていて、言葉とは裏腹に離したくないのだと伝わってくるようだ。

胸の奥で心臓が痛いくらいに脈打った。最初の一歩を踏み出すときはいつだって怖い。何度も自分だけ置いていかれた経験があればなおさらだ。

それでもフィオナは、思い切って足を踏み出すと自らクラウスの胸に体を寄せた。

「……嫌ではありません」

はしたなくても慎みがなくても、今は本当のことを言おうと思った。

夫婦になるなら、本音を口にし合える仲がいい。自分が結婚をすることに現実味を持てなかったフィオナが、初めて思い描いた理想の夫婦の姿だ。

フィオナが体を寄せても、クラウスは何も言わない。身じろぎすらしない。

沈黙に耐え切れなくなって勢いよく顔を上げた。何かしらの反応を求めて必死の表情を作ったつもりが、思ったより険しい顔になってしまったらしい。ほとんど睨み上げるような格好になった。

視線が交わった瞬間、迷いを滲ませていたクラウスの表情がさっと変化した。こちらを見詰める目の奥に火が灯る。戸惑いが高揚に取って代わる瞬間を目の当たりにしてしまい、足を後ろに引こうとしたら腰に腕を回され引き寄せられた。

クラウスは食い入るような目でフィオナを見て、口元に微かな笑みを浮かべた。

「貴女に睨まれると、どうも駄目ですね。箍が外れてしまう」

「ご、ご不快にさせましたか」

「逆です。貴女なら、私を受け入れてくれる気がして期待してしまう」

片腕でフィオナを抱き寄せ、クラウスは侍女たちが着替えを持ってくるのを待たず城の中へ入った。

「あ、の……どこへ……」

外套の裾から水が滴り、廊下に敷いた絨毯に点々と落ちる。せめて着替えをと思ったが、クラウスはフィオナの腰を抱いたまま大股で廊下を歩き、片頬だけで笑ってみせた。

「もちろん、私の部屋へ」

喋りながらも階段を上がり、書斎の前を通り過ぎる。

どこに連れていかれるのかわからず足をもつれさせるようにして進み、やってきたのは廊下の最奥、階段から最も離れた部屋だ。クラウスが片手で押し開けたドアの向こうには、カーテンのかかった大きなベッドが置かれていた。寝室だ。

さすがに足が止まった。思わずクラウスを見上げれば、ほとんど同時にクラウスもこちらを見た。水の滴る前髪の下から見え隠れする鳶色の目に、かつてない熱がこもっている。見詰められただけで求められているのがわかって、膝から力が抜けた。

クラウスは廊下で足を止め、「どうします」と言った。

「侍女に着替えさせてもらって、書斎で温かいお茶でも飲みますか？」

それとも、と声を潜め、フィオナの耳に唇を寄せて囁く。

「このまま二人でベッドに行きますか」

耳殻に唇が触れてびくりとした。

性の知識に疎いフィオナでも、男女がベッドに入るというのがどういうことかは想像がつく。挙式の前ではあるが、この城に嫁いできた時点で実質夫婦のようなものだ。少なくともフィオナの父親はそのつもりで娘を送り出している。互いの同意さえあれば咎める者もいない。

フィオナが黙りこくっても、クラウスは動かない。こんなときでも決定権はフィオナにあるらしい。

逡巡の末、フィオナは俯いたまま小さく頷いた。それが精いっぱいだった。

クラウスが足を踏み出して、室内に入るとすぐに背後でドアが閉まった。まだ日は落ちていないが、激しく雨が降っているせいで部屋の中は薄暗い。濡れた外套を肩から落とされ、振り向かされて、顎を捕らわれたと思うが早いか深く口づけられた。

「ん、ぅ……」

唇を甘く噛まれて声が出た。おずおずと唇を緩めればすぐに隙間から舌を差し込まれる。口づけはあっという間に音がするほど激しくなって、足をもつれさせながらベッドへ向かった。

ベッドの前で立ち止まり、クラウスもようやく外套を脱ぎ落とした。

「先に服を脱ぎましょうか」

言葉の端からドレスの胸ボタンを外される。閨でどう振る舞うのが正解なのかまるでわからないフィオナは、なす術もなくそれを見守ることしかできない。緊張でふるりと体を震わせると、クラウスに背中を抱き寄せられてキスをされた。口の中を熱い舌でかき回されるようなキスに陶然としているうちに、ボタンがすべて外される。

コルセットが緩んで息が楽になった。合わせた唇の隙間から小さく息を吐いたところで、クラウスがベッドのカーテンを引いた。

キスをしながらベッドに押し倒される。唇が離れたのは一瞬で、上から覆いかぶさってきたクラウスにまた唇を奪われた。露わになった胸にクラウスの濡れたシャツが触れ、冷たさに身を竦ませる。それに気づいたクラウスが、名残惜しげに唇を離して身を起こした。

ボタンを外し、肌に貼りつく濡れたシャツを剝ぐようにして脱ぐクラウスの姿をぼんやりと見上げる。シャツの下から現れた胸はどきりとするほど広く、しっかりと筋肉もついていて、なんだか見てはいけないものを見てしまったような気分になり寝返りを打った。

早々に服を脱ぎ落としたクラウスは、恥ずかしがって背を向けるフィオナを見て小さく笑う。

「濡れた服は脱いでしまわないと、風邪を引きますよ」

そう言って、フィオナが中途半端にまとっていたドレスも脱がせてしまう。

今更のように羞恥と不安が押し寄せてきてされるがままになっていると、冷えた肩に唇を押し当てられた。唇は肩から首筋へ滑り降り、耳の裏にキスをされる。

「あ……」

柔らかな感触に酔っているうちにドロワーズも脱がされ、あっという間に一糸まとわぬ姿にさせられた。冷えた空気に肌を撫でられ身を縮めると、体の上にそっと上掛けをかけられた。クラウスも中に入ってきて、背後から抱きしめられる。

背中にクラウスの広い胸が触れ、素肌から伝わってくる体温の心地よさに小さな声が漏れた。

「寒くありませんか？」

「は……はい……」

よかった、とクラウスが笑う。前より強く抱きしめられて、むしろ暑いくらいだと思った。

クラウスの体はどこもかしこも鋼のように硬くて、熱い。大きな体にすっぽりと抱き竦められると、うっすらと肌に汗をかいてしまうくらいに。

クラウスはほどけかけたフィオナの髪や耳元にキスを繰り返しながら、フィオナの腰のくびれを撫でる。くすぐったくて身をよじれば、耳元で悪戯っぽい笑い声がした。じゃれているような気分になって、少しだけ体から力が抜けた。

大きな掌はするするとフィオナの肌の上を滑り、腰から肘、上掛けから出た肩を包み、鎖骨を指で辿って、フィオナの胸を柔らかく包み込む。

「あ……っ」

熱い手で胸の膨らみを覆われただけなのに、背筋を震えが駆け抜けた。柔らかな感触を楽しむように手を動かされ、フィオナはあえかな声を上げる。

「ん？　痛みましたか？」

「い……いえ」

「本当に？　我慢はしないでくださいね」

ちゅ、と音を立ててフィオナの耳にキスをして、クラウスはやわやわとフィオナの胸を揉む。途中、指先が胸の尖りに触れて息を詰めた。

「ん……っ」

敏感な胸の先を指の腹で転がされると腰の辺りがそわそわと落ち着かない。喉の奥で声を殺し、クラウスの腕の中で身をよじった。

「あ、ん……や……」

「嫌？」

クラウスの指の動きが止まる。後ろから覗き込まれて顔を背けようとしたが、クラウスが案じるような顔をしていることに気づいてやめた。ここで嫌だなどと言ってしまったら、クラウスは大人しくベッドを出ていってしまう気がする。

初めてのことに戸惑っているだけで、嫌ではない。けれどそれを口にするのも気恥ずかしく、フィオナは大きく首をねじって振り向くと、クラウスの唇に触れるだけのキスをした。

初めてフィオナからキスをされたクラウスは目を見開き、次の瞬間相好を崩して深くフィオナの唇をふさいできた。

「ん……ん」

自ら唇を開けてクラウスの舌を迎え入れる。互いに舌を絡ませ、柔らかな粘膜の感触に酔って息を乱した。胸をまさぐるクラウスの手つきが少しだけ乱暴なものになって、そんなことに興奮する。もっと荒々しく触れてくれてもいい。むしろそれを望んでいるのだと自覚してしまって体が芯から熱くなった。

「ん、ん……っ、ぁ……っ」

少し強めに胸を摑まれ、指先で尖りを弾かれる。腰の奥が甘ったるく痺れ、濡れた唇の隙間から小さな声が漏れた。弾んだ息の音がやけに耳につく。お互いがお互いの興奮した息遣いに煽られ、体がますます熱を帯びた。

クラウスは片手でフィオナの胸をまさぐりながら、もう一方の手でフィオナの腿を撫で上げる。指先が内腿に滑り込んで、とっさに固く足を閉じた。そんな場所、これまで他人に触れさせたことなどない。

クラウスはキスをほどくと、唇が触れ合う距離で囁く。

「……もっと貴女に触れたい」

こちらを見詰めるクラウスの目の縁は、興奮しているせいか赤く染まっていた。乞うような目を向けられると痛いほど心臓が高鳴る。怖いのも恥ずかしいのも本当だが、それよりもクラウスの好きにされたくなって、合わせていた膝を少しだけ緩めた。

内腿の間にクラウスの手が差し込まれ、足のつけ根に向かって指が伸びる。指先が体の奥まった場所に触れて息が引き攣れた。それに気づいたのか、クラウスが宥めるようなキスをしてくれる。

「痛いだとか辛いだとか、不快に思ったらすぐに言ってください。傷つけたくないんです」

言葉通りクラウスはもう手を止めていて、フィオナの反応次第ではすぐにもその手を引きかねない雰囲気だ。

ふいに思い出したのは、庭先でよろけたフィオナにおっかなびっくり手を差し出してきたクラウスの姿だ。閨に入ってもなおこの調子なのかと思ったら少しだけ不安が薄れた。この人は、きっと不用意に自分を傷つけない。

小さく頷くと、またそっとクラウスが指を動かす。奥まった場所を撫でられると、とろりとした感触が伝わってきた。クラウスの指先が濡れている。否、濡れているのは自分の体か。

「あ……わ、私……？」

自分の体の反応に戸惑っていると、鼻先にキスをされた。

「貴女の体が嫌がっていない証拠です」

「そ……んなこと、わかってしまうんですか……」

たどたどしく尋ねると、クラウスが愛しくてたまらないと言いたげに目元を緩めた。フィオナの顔にキスの雨を降らせ、「わかってしまうんです」と笑い交じりに囁く。

クラウスは慎重に指を動かしてフィオナの花芯に触れる。途端に鋭い刺激が体を駆け抜けて、フィオナは大きく身を震わせた。

「あっ、ぁ……っ、な、何……？」

「ここ、気持ちがよくありませんか？」

濡れた指でとろとろと花芯を撫でられて腰が跳ねた。気持ちがいいというより、剝き出しの神経に触れられているようで怖い。爪先まで痺れが走って声を殺せない。

「あっ、んっ、や……、あ、ぁ……っ」

「濡れてきましたよ」

耳元で囁かれて唇を噛む。クラウスの言葉を肯定するように、足の間で粘着質な水音がする。口先だけで嫌と言っても、本当は嫌がっていないことが筒抜けだ。羞恥に駆られて両手で顔を隠した。

「そうやって顔を隠されてしまうと、キスができなくて淋しいです」

フィオナの頬に唇を寄せ、ねだるような口調でクラウスは言う。無言で首を横に振ると、結い上げていた髪がいよいよほどけてシーツの上に散らばった。

クラウスは乱れた髪に唇を寄せ、鼻先で髪を掻き分けフィオナの項にキスをする。

「ん……、ん……っ」

過敏な場所に指を這わされながら、もう一方の手で胸をまさぐられて、強すぎる刺激に身を震わせた。それが快感であるのだと、首筋にキスをされながらじっくり体に教え込まれる。

声を殺すのが苦しくなってきたところで、耳にそっと歯を立てられた。

「フィオナ……キスがしたい」

ねだるような声に反応して、少しだけクラウスを振り返ってしまった。指の間から見えたその顔は従順な大型犬のようだ。フィオナよりずっと年上なのにそんな顔でキスをねだってくるなんて。ずるい、と思った。胸の奥から愛しさがせり上がってくる。

顔を覆う指先にキスをされ、軽く噛まれて、ますます犬じみた仕草にほだされ手を外してしまった。クラウスはそれこそ尻尾があったら振っていただろう嬉しそうな顔で笑って、フィオナに熱烈なキスをする。

「んっ、ん……っ、ぁ……んっ」

口の中を気の済むまで舐められ、唇を吸い上げられて、なんだか唇が腫れぼったい。キスの間も陰核を指先で転がされ体が跳ねた。体の奥から波のように押し寄せてくるものがなんだかわからない。高波に呑まれそうになるとさぁっと引いてしまう。もどかしくなって喉の奥で声を押し潰すと、クラウスが熱っぽく目を細めた。

「少しだけ、強くしても……？」

キスの合間に囁かれ、頭に霞がかかったようになっていたフィオナは言葉の意味もよく理解しないまま小さく頷く。

次の瞬間、薄いガラスに触れるようだったクラウスの指に、ぐっと力がこもった。

「あっ、あぁ……っ！」

充血した花芯を濡れた指でこすられ、フィオナは背中をのけ反らせる。ほんの少し力を加えただけなのに、ぼんやりした快感が急にくっきりとした輪郭を伴った。繰り返し同じ場所をこすられると、たちまち息が切れ切れになる。

「あっ、あっ、ん……っ、や、あぁ……っ！」

「痛みはしないでしょう……？　ほら、とろとろですよ」

指先がさらに奥に滑り込んで、柔らかな肉を掻き分ける。その先に何があるのかわからず体が竦んだが、たっぷりと濡れたそこは苦もなくクラウスの指を受け入れる。太い指が蕩けた隘路に潜り込み、奥からとぷりと蜜が溢れてくるのがわかった。

は、と耳元でクラウスが熱っぽい息を吐く。無意識なのか、フィオナの胸を捏ねる指先に力がこもった。背中で感じるクラウスの胸は汗ばんで、ひどく熱い。

クラウスの興奮が伝わってくる。それだけで体が芯を失ってぐずぐずになってしまう。節の高いごつごつとした指が体の奥に入ってきて、フィオナは声もなく背筋を震わせた。

「あ……っ、……ぁ、あ……」

媚肉がきゅうっと指を締めつけ、背後でクラウスが唾を飲んだ。

「……痛みませんか？」

フィオナは睫毛を震わせ、微かに頷く。クラウスを受け入れた部分からひたひたと蜜がしみ出してくるようで痛みはない。ゆっくりと引き抜かれると背筋の産毛が立ち上がるような錯覚に襲われる。同じ速度で指を押し込まれ、腹の奥がじわりと熱くなった。際限なく体の奥から愛液が溢れてくる。

耳の裏で聞こえるクラウスの息が浅い。と思ったら、急にクラウスが指を引き抜いてフィオナに覆いかぶさってきた。もはや体に力が入っていなかったフィオナはされるがまま、脚の間に体を割り込ませてきたクラウスをとろりとした目で見上げた。無防備なその顔を見下ろしたクラウスがぐっと奥歯を噛み、噛みつくようなキスを仕掛けてくる。

上掛けの下で大きく脚を開かされる。濡れた秘所が空気に触れてひやりとしたが、すぐにクラウスに陰核を撫でられてかぁっと体が熱くなった。

何度もフィオナを攫いかけては直前で引いていく快感の波が、今度こそ目の前に迫って息が上がった。中途半端に脚を閉じていたときより快感が鮮明だ。

クラウスにふさがれた唇の隙間から忙しない息が漏れる。指の腹で過敏な場所を繰り返し撫でられ、こすられ、優しく押し潰されてがくがくと体が震えた。溜まりに溜まった快感が逃げ場を求めて体中を跳ね回り、体の奥で膨張して、爆ぜる。

「んっ、ぅ……んん……っ!」

焼き切れるような絶頂に呑まれ、びくびくと体が跳ねた。それに気づいて、クラウスがようやく唇を離してくれる。

「は……っ、ぁ……は……っ」

息が整わず大きく肩を上下させていると、クラウスが目元に深い笑い皺を刻んだ。

「気持ちよかったんですね。……可愛い、そんなに蕩けた顔をして」

頬に、瞼に、鼻筋にキスを繰り返し、クラウスは最後にフィオナの唇にもキスをした。

「素直な貴女は本当に可愛い。可愛がりたい、もっと」

たっぷりと吐息を含ませた声で囁かれ、フィオナは小さく目を瞬かせた。これ以上何をするのだろうと思っていたら、奥まった場所にまた指が押し入ってくる。

「あ……っ、ぁ……っ」

「さっきより濡れて、どんどん呑み込んでいきますよ」

節くれだった指がずるずると奥まで入ってきて根元まで呑み込まされる。痛みはないが、少しだけ息苦しい。抜き差しされると肌の下で何かがうごめくような気配がした。

覚えのある感覚だ。それも、つい先程知ったばかりの。

（あ……これ……）

快感の前兆だ、と気がついて息を呑んだ。自分の体はそんなところでも快感を拾ってしまうのか。戸惑って身をよじろうとしたら、クラウスが顔を伏せてフィオナの胸に唇を寄せてきた。

「あっ、な、何を……」

クラウスは視線を上げると、目元に笑みを上らせフィオナの胸の膨らみを唇で辿った。

「あ、あ……、ぁ、ん……っ」

指を抜き差しされながら、羽毛で触れるようなキスを胸元に繰り返される。

先程フィオナを呑み込んで、また遠くに引いていった快感の波がざわざわと戻ってきたようで体が震えた。怖いのではなく、期待している。

入り口に指がもう一本添えられ、下腹部にぐっと圧がかかる。さすがに身を強張らせたら、胸の尖りにふっと息を吹きかけられた。敏感な場所に風が当たって意識が逸れた隙に、二本目の指もずるずると奥に入ってくる。

「あっ、あ……っ、んん……っ」

微かな鈍痛を覚えたところで、たっぷりと唾液で濡れた舌で胸の先を舐められた。

体に力が入って、中にいる指を締めつけてしまう。固い指の感触と、胸の尖りを舐められる快感で喉が絞まった。ゆっくりと指を出し入れされ、尖った先を吸い上げられて声が出ない。

「……っ、……ぁ……ぅ」

強烈な快感に目が眩む。下腹部が熱く蕩けて、もう何がどうなっているのかわからない。

ぐずぐずに溶けた場所を指の腹でこすられ、胸の突端を舐められて、次々と襲いかかる快感に意識が朦朧(もうろう)とする。覚醒を促すように胸の先を強く吸い上げられて背中がしなった。クラウスを受け入れた場所が痙攣(けいれん)するように震える。

「あ……、はっ……ぁ、あ……っん、ん」

「気持ちがいいですか？　もっと奥？」

ぐっと奥を突かれてのけ反った。肯定の言葉より明確な甘い声が溢れてしまい、クラウスがたまらなくなったようにキスを仕掛けてくる。

上手く息ができなくて頭がくらくらした。下腹部でうごめくものがクラウスの指なのか、

別のものなのかわからない。ぐっと圧がかかって鈍痛が走った。指を増やされたのだろうか。はっきりとせず目を開ければ、クラウスが食い入るような目でこちらを見ていた。

額を汗が伝い、それが目に入ったのか軽く目を眇める。初めて見る、獰猛さを孕ませた顔だ。

ふらふらと手を伸ばし、頬を伝う汗を指先で拭った。

途端に険しい表情は掻き消え、クラウスは愛しげに目を細めてフィオナの手を取った。掌にキスをされ、フィオナも目を細める。

「あ……っ」

クラウスが身を乗り出してきて、体の奥で何かが動く。カーテンのかかったベッドの中に響くのは、ぎしぎしとベッドが軋む音と弾んだ息遣いばかりだ。雨音はよく聞こえない。もうやんだのだろうか。

霞む意識の隅で、一日中雨がやまなければいいと思った。薄暗い部屋の中で、こうしてずっとクラウスと抱き合っていたい。

フィオナ、と名を呼ばれ、キスで答える。逞しい腕に抱き寄せられる幸福を知り、フィオナはクラウスの腕の中でうっとりと目を閉じた。

遠乗りをして以来、クラウスと過ごす時間が格段に増えた。

食事は時間を合わせて取るようになったし、ティータイムも一緒だ。時間が合えば馬車に乗り、城の近くの村を案内してもらったりもした。

何よりも、夜はクラウスの寝室で枕を並べて眠るようになった。

フィオナは相変わらず客間で生活しているし、そちらの部屋にもベッドはあるのだが、夜になるとクラウスが部屋までやってきて「そろそろ休みませんか」と声をかけてくれる。

さすがに毎晩は恥ずかしく、ひとりで眠ると言ってみることもあるのだが、クラウスに「淋しいです」などと言われて抱き寄せられるともう駄目だ。誘われるままクラウスの寝室へ向かってしまう。

同じベッドに入っても、必ず情事を重ねているわけではない。

クラウスに腕枕をしてもらって、この土地のことや幼少時代のことを語ってもらうこともあれば、フィオナの子供の頃のことを話して聞かせることもあった。

クラウスはいつも穏やかな顔でフィオナの言葉に耳を傾けてくれた。髪や背中を撫でられているうちに安心して、そのまま眠ってしまうことも少なくない。

体を重ねるときは、いつもフィオナばかり気をやってしまう。クラウスの指先と唇に翻弄され、重い体と熱い体温に溶かされて、半分意識を飛ばしたような状態で事を終えることがほとんどだ。

「婚礼は、やはり春にしましょうか」

クラウスにたっぷりと愛された後、その腕の中でまどろんでいるとふいにそう囁かれた。

ぼんやりと目を開けると、クラウスが柔らかく微笑んでこちらを見ている。指先を動かすことすら億劫になっているフィオナとは対照的に、まだ随分と余力が残っている様子だ。

「……春」

「ええ。これから寒さが本格的になりますし、そんな最中に式を挙げるよりは春を待ったほうがいいかと思いまして。それに王都から貴方のご両親やご兄姉をお呼びするなら、雪が溶けてからのほうがいいでしょう」

「私の家族も呼んでくださるんですか」

「当然です」と笑ってクラウスはフィオナの頭を抱き寄せる。指先で髪を梳かれ、心地よさに目を閉じた。

「あ……でも」

思わず呟くと、「どうしました」とクラウスが素早く反応した。

「何か不安なことでも？」

「い、いえ、なんでも」

クラウスの胸に顔を寄せ、フィオナは微かに頬を赤らめる。

（春までに、子供ができてしまったらどうしよう……）

こんなにもたびたびクラウスと体を重ねているのだ。婚礼と懐妊の順番が逆転してしまうかもしれない。

実際そうなったとしても、フィオナの父親から不興を買うことはないだろう。家を出る前、既成事実を作ってしまえとけしかけられたくらいなのだから。

考えるうちにうとうとし始めたフィオナの髪を撫で、クラウスは寝物語を語るような優しい声で言う。

「花嫁衣裳は早めに用意しましょうね。式の日は城に領民も招いて、庭で盛大に酒と料理を振る舞う予定です。バルコニーから皆に手を振ってあげてください」

指先から髪を滑り落とし、クラウスはフィオナの背に触れる。背筋を撫で下ろす指先は相も変わらず壊れ物を扱うようで、少しだけくすぐったい。

「……私はこんなふうにしか貴女に触れられません。春が来るまでに、貴女が心変わりしないことだけを祈っています」

囁いて、クラウスが頬に唇を押し当ててくる。フィオナはすでに夢に片足を入れた状態で、心変わりなどするはずもないのに、と思った。

すでに自分の心は決まっている。今すぐ式を挙げたって構わないくらいだ。それなのに、どうしてクラウスは懇願するような口調でこんなことを言うのだろう。

尋ねたかったが、心地よい疲労感に包まれて目を開けられない。胸に浮かんだ小さな疑問を口にすることはできず、フィオナはクラウスの胸に寄り添ってゆるゆると意識を手放した。

クラウスが自分と結婚するつもりであり、フィオナもそれを望んでいる以上、もはや城の者たちにわざわざ嫌われる理由もない。部屋に引きこもっている必要もなくなったので、日中は自室を出て庭先を歩いたり、日当たりのいい部屋で本を読んだりするようになった。

その日もフィオナは窓辺で本を開いていた。クラウスから借りた古い本には、この城の歴代城主や、異民族との戦いの歴史がまとめられている。いずれこの城の女主人となるからにはこうした知識も必要ではないかと目を通していたら、鼻先を紅茶の香りがくすぐった。てっきりリズが紅茶を淹れてきてくれたのかと顔を上げたが、違った。ティーワゴンを押して部屋に入ってきたのはリズとは別の侍女だ。

最近はリズがずっと身の回りの世話を焼いてくれていたので少々うろたえた。膝の上で広げていた本を閉じ、紅茶の準備をしてくれる侍女に「ありがとう」と声をかける。

侍女は無言で会釈だけ返して黙々と紅茶を淹れる。こちらを見ようともしない。

無表情で手を動かす侍女の横顔には見覚えがあった。この城に来たばかりの頃、彼女の淹れてくれた紅茶に対して「田舎の紅茶は匂いが薄い」と心無い言葉をかけてしまった記憶が蘇(よみがえ)る。

紅茶を淹れ、一礼して部屋を去ろうとする侍女にフィオナは声をかけた。

「いい香りね」

立ち去りかけていた侍女が足を止める。フィオナはティーカップを持ち上げて口元に近づけると、湯気とともに立ち上る香りを楽しんでから紅茶を一口飲んだ。

「ありがとう、美味しいわ。前に淹れてくれたお茶も美味しかったのに、失礼なことを言ってごめんなさい」

フィオナの言葉を聞いても、侍女は振り返ろうとしない。これまで自分のしてきたことを思えば当然の反応だ。そう簡単に謝罪を受け入れてくれるわけもない。

それ以上の言葉をかけることなく紅茶を飲んでいると、ふいに侍女が口を開いた。

「最近は、私よりリズのほうが紅茶を淹れるのが上手くなったように思います」

思いがけず返答があって驚いた。侍女は振り返り、フィオナの顔を見て続ける。

「リズはこの城に来たばかりの頃、ほとんどろくに仕事がこなせませんでした。食器の類も割ってしまうので紅茶を淹れることなど任せることもできませんでしたが……」

当時の惨状でも思い出したのか溜息をつき、侍女は続ける。

「最近は、随分仕事の手際がよくなりました。紅茶なども慣れた手つきで淹れるので目を疑っております。フィオナ様のご指導のたまものでしょう」

ぽかんとした表情を浮かべていたフィオナは我に返り、「指導なんて」と首を横に振った。

「私は仕事を言いつけていただけよ。リズの手際がよくなったのなら、彼女自身が仕事を覚えようと努力した結果だわ」

指導などとんでもないと否定するフィオナに、侍女は淡々とした口調で言う。

「どちらにせよ、私たちも扱いあぐねていたリズを使い物になるように指導していただいたことに関しては感謝しております。ありがとうございます」

フィオナに向かって頭を下げ、「ですが」と侍女は続ける。

「最近のリズは仕事に身が入っていない様子です。今日もお茶の時間になっても台所にやってこないので、こうして私が奥様に紅茶を持ってまいりました」

どうりで、と納得しかけたフィオナだが、ふと動きを止めた。

今、奥様と言われただろうか。まだクラウスとは正式に式も挙げていないのに。

侍女はにこりともせずに言い添える。

「すっかりリズに懐かれているようですが、どうぞあまり甘やかされませんよう。いずれ奥様は、この城の侍女たちを従える女主人になるのですから」

目の前にいる侍女の表情は乏しい。フィオナを歓迎しているというより、諦めて受け入れただけかもしれない。それでも、謝罪を口にしたところで振り返ってもらえないだろうと覚悟していただけに、そんなふうに言ってもらえたことが嬉しかった。

「……わかりました。リズには私から言っておくわ」

フィオナは泣き笑いのような顔で侍女に告げる。侍女はやはりほとんど表情を変えぬまま、よろしくお願いいたします、とだけ言い残して部屋を去っていった。

ひとりの部屋で、フィオナはゆっくりと紅茶を飲む。この城に来た当初から変わらず、紅茶からは馥郁(ふくいく)とした香りが立ち上る。質のいい茶葉を丁寧に淹れてくれた証拠だ。

(本当に、有能な侍女たちばかりだわ……)

フィオナが謝罪をしようとしまいと、こんな紅茶を淹れてくれるのだから。

窓の外に目を遣って、自分が女主人になった暁にはぜひとも侍女たちに認めてもらえるような振る舞いをしようと、フィオナは決意を固めたのだった。

その夜、寝支度を整えるため自室に現れたリズに昼間の一件を話して聞かせた。

侍女がフィオナをこの城の女主人として受け入れるような発言をしてくれたと伝えると、リズは我が事のように喜んで「私もフィオナ様が奥様になる日を楽しみにしています!」と言ってくれた。しかし、最近のリズは仕事に身が入っていないようだと釘(くぎ)を刺されたと伝えるや、本人も思い当たる節があったのか、たちまちその顔が青ざめた。

「それは、大変申し訳ありませんでした……! 今日もお茶の時間に遅れてしまって……」

「私としてはさほど不便を感じていないから構わないのだけれど、何かあったの? まさか体調が優れないとか……」

「いえ、まったくそんなことは……！　ただ……」

リズは言いにくそうに口ごもり、観念したように「実は……」と切り出した。

「最近……庭師の男性と、親しくなりまして」

「親しく？」

「はい、あの……いわゆる、恋人、です」

顔を真っ赤にして打ち明けてくれたリズに、まあ、とフィオナは目を見開く。

「よかったじゃない。おめでとう」

「あ、ありがとうございます」

「どんな人なの？　年上？　ずっとこの城にいる人？」

尋ねれば、リズは気恥ずかしそうな顔をしながらも恋人のことを教えてくれた。

相手はダニーという名の庭師で、リズより五つほど年上らしい。父親も庭師としてこの城で仕事をしており、ダニーは子供の頃から手伝いとして城に通っていたそうだ。

リズはこの城で寝泊まりしているが、ダニーの家は城の外にある。夜は滅多に顔を合わせられないため、日中にそっと逢瀬を重ねているらしい。

個人的な理由で仕事を抜け出すのは感心できないが、好きな相手と少しでも一緒に過ごしたい気持ちは理解できる。「他の皆にばれないように」と注意するにとどめると、リズは嬉しそうに笑って頷いた。

「実は、真夜中にお城を抜け出したこともあるんです」

「危なくないの？」

「裏門の前までダニーに迎えに来てもらいましたから。城に寝泊まりしている者が夜中にそっと抜け出すのは珍しくもないので、門番も見逃してくれるんですよ」

「知らなかった。女主人になったら門番の教育を徹底しないと」

「フィ、フィオナ様……、そんなぁ……！」

冗談よ、とフィオナは笑う。使用人たちのささやかな逢瀬を禁止したら、むしろ城内から不満が噴出しそうだ。

リズは照れくさそうな、それでいて幸せそうな顔で恋人とのやり取りを語る。もしかするとずっと誰かに聞いてほしかったのかもしれない。ダニーの馬に乗せてもらって夜空の下を駆け抜け、彼の家で明け方まで一緒に過ごしたこともあるそうだ。

「ダニーは体力があるので、空が白んでくるまで離してくれないんです。一度なんて朝食の準備に間に合わなくなるくらいギリギリまで服も着せてくれなかったんですよ」

「それは……大変ね」

だんだん話題が明け透けな内容になってきて、フィオナは頬を赤らめる。さすがにこれほど露骨な閨の話を誰かとしたことはない。はしたないのではないかと思う一方、他人と自分たちの違いが気になるのも事実だ。リズの話を止めることはせず、興味深く相槌を打つ。

「初めてのときは痛かったです。次の日にお仕事をするのも辛いくらいで……」

「痛いことをされたの？」

まさか暴力を振るわれたのかと眉を顰めると、リズに驚いた顔をされてしまった。

「フィオナ様は問題なかったんですか？　でも、体の中にあんなものが入ってくるんですよ。多少は痛かったのでは？」

「え？　あ、ああ、そういう……」

体の奥まった場所にクラウスの指が入り込んでくる感触を思い出し、フィオナはますます顔を赤らめた。確かに初めてその場所を拓かれたときは鈍痛も覚えた。しかし翌日に障りがあるほどではなかったはずだ。不思議に思い、声を潜めてリズに尋ねる。

「ダニーさんは、そんなに手が大きいの？」

「手？　ですか？」

「よほど指が太いとか……？」

「はあ、まあ……そうですね、手は大きいほうかと思いますが……？」

リズはなぜそんなことを問われるのかよくわからないと言いたげだ。会話が嚙み合っていない気がして、フィオナは気恥ずかしさを追いやってさらに尋ねた。

「その……指を入れるのよね？　それがそんなに痛かったの……？」

「確かに、慣らすために指を入れることもありますが、問題はその後で……」

「その後？」

目を瞠るフィオナを見て、リズもぽかんとした顔をする。あの、と言ったきりしばし押し黙り、フィオナの手を取ってベッドの端に座らせた。自分もその隣に腰を下ろし、リズはぼそぼそと自分たちが閨でしていることをフィオナに喋った。

最初は黙って耳を傾けていたフィオナだが、話が進むにつれてだんだん顔が強張ってきた。夜ごと寝室で自分とクラウスがしていることと、リズたちがしていることが違うようだとわかってきたからだ。

リズの話によれば、男性は興奮すると性器が大きくなるものらしい。女性側はそれを受け入れるそうなのだが、フィオナが身の内に侵入することを許したのはクラウスの指だけだ。そもそもクラウスの男性器は形を変えていただろうか？　ベッドではクラウスに翻弄されるばかりで周りを見ている余裕もないが、思い出す限りそんな様子はなかった気がする。

つまり、どういうことだろう。

(クラウス様は私に対して興奮していない……性的な魅力を感じていないということ？)

深刻な顔で考え込んでいたら部屋の扉が叩かれた。間を置かず、廊下からクラウスの声が響いてくる。

「フィオナ、もう眠ってしまいましたか？」

フィオナはとっさに返事ができない。それを見たリズが慌てて立ち上がって部屋のドアを開けた。廊下にはクラウスが立っていて、リズ越しにフィオナを見て愛しげに目を細める。

「だ、旦那様、どのようなご用で……」

「眠る支度が整ったのなら寝室まで連れていこうと思ったんだが……まだ早かったかな？」

「あ、あの、今夜は、フィオナ様は……その……」

今はフィオナとクラウスに共寝をさせないほうがいいと判断したのか、リズはしどろもどろにクラウスの誘いを断ろうとする。しかし当のフィオナはベッドから立ち上がり、大股でクラウスのもとに近づいた。

「いえ、このまま参ります」

リズがぎょっとしたように振り返る。よろしいんですか、と目で問われ、無言で頷いた。

クラウスが本当に自分に対してまったく反応を示していないのか、すぐにでも確かめたい。

何も知らないクラウスは微笑んでフィオナに片手を差し出してくる。その手を取って、フィオナは緊張した面持ちをひた隠し寝室へ向かった。

背後から、リズが心配そうに自分たちを見守っているのを感じながら。

＊＊＊

「手合わせがしたい」

書斎の机に山と積まれた書類に朝から目を通していたクラウスは、書類から顔も上げぬまま傍らに控えていた執事に告げる。執事は机の後ろにある窓の外を見て「じきに日暮れですが」と言った。振り返らなくとも、空が夕焼けで赤く染まっているのはわかっている。今から城に常駐している適当な兵士を捕まえて手合わせをしようとしても難しいだろう。わかっていても言わずにいられなかった。

「体が鈍ってしまわれましたか？」

のんびりと執事に問われ、そうだな、と低い声で応じた。

「最近剣を振っていない」

「前回隣国の兵が攻め入ってきたのは夏前のことでしたか。あのとき手ひどく撃退したのですから、しばらく大人しくしているのでは？　不作も続いているようですし」

「平和なのは結構だが、訓練を怠るわけにはいかないだろう」

「旦那様はそろそろ後方に退いて指揮を執ることに集中していただきたいのですが」

「城主である私が先陣を切らずにどうする」

「万が一お怪我などなされば、フィオナ様が悲しまれますよ」

フィオナの名前に反応して、うっかり書類から目を上げてしまった。長年クラウスに仕えている執事がそれを見逃すはずもなく、机に積まれた書類の一部を端に寄せる。

「こちらの確認は明日以降で結構です。そろそろ夕食のお時間ですから、フィオナ様にお声をかけられてはいかがです」

「……そうだな」

フィオナの名が出るとたちまちクラウスの集中力が低下することを執事は熟知していて、クラウスが目を通した書類だけ抱えて部屋を出ていってしまった。

書斎に取り残されたクラウスは深々と溜息をついて腕を組む。

冗談でもなんでもなく、今すぐ剣を振りたいと心底思った。とにかく体を動かしたい。気力があり余ってどうしようもないのだ。

(今週だけで、何度フィオナを寝室に連れ込んだことか……)

ほとんど毎日だ。思いがけずフィオナが自分の妻になることを受け入れてくれ、寝室に誘っても断らないのをいいことに夜ごとフィオナの自室を訪ねてしまう。

実際に枕を並べてわかったことだが、フィオナが王都で複数の男性と関係を持っていたというのは事実無根であったらしい。いかにも物慣れない態度でクラウスに抱きつき、拙い仕草でキスをしてくれるのが可愛くて仕方がなかった。

とはいえ、連日求められてはフィオナも身が持たないだろう。そう思い、ただ腕に抱いて眠っていた時期もあったが、この頃とみに抑えが利かない。ベッドの上でフィオナの顔を見てしまうともう駄目だ。美しい青い瞳に見詰められ、今日はこのまま眠るのか、そうではないのか、問いかけるように目を瞬かされるとふらふら手が伸びてしまう。己の内にあったはずの自制心はどこへ行ってしまったのか。今はもう跡形もない。

ならばせめて日中に体を動かし、くたくたに疲れた状態でベッドに入ればいいのではないかと思うのだが、ここ最近は国境を越えてこようとする敵兵の影もなく、剣を振るう機会もない。平和なことは何よりだが、おかげで夜になっても体力は残ったままだ。

（……まさかこんなに夢中になってしまうとは）

フィオナがこの城に来た当初、早く王都に帰してやろうなどと殊勝なことを考えていたのが嘘のようだ。もはや手放せる気がしない。

連日ベッドに引き込んでいたせいか、今朝のフィオナは少しばかり顔色が悪くてぎくりとした。疲れさせてしまったか、体調が悪いのかと慌てて尋ねたものの、フィオナはなんでもないと首を振るばかりだった。

朝食の時間も、心なしかフィオナの態度はよそよそしかった。食事の後、挙式に着る花嫁衣裳の話などしたときも少し歯切れが悪かったように思う。まさかこの期に及んで何か迷いが生じたか。

クラウスは椅子の背もたれに寄りかかり、春まであと何ヶ月だと指を折った。

（……式を挙げる前に、フィオナには話しておかなければいけないこともあるし）

何も告げずにフィオナを妻にしてしまおうかと卑怯なことを考えたこともあったが、この数日で考えを改めた。

最初のつんけんした態度を取り払ったフィオナは、実に素直で愛情深い女性だった。クラウスに肩を抱き寄せられると気恥ずかしそうに目を伏せ、キスをされるとくすぐったそうに笑う。目が合うと青い瞳が溶けるように潤んで、視線や表情で余すことなくクラウスへの好意を伝えてくれた。自分も同じだけの愛情を返したいし、フィオナにとってよき夫でありたい。

そのためには、正式に婚姻関係を結ぶ前に自分のことについてしっかり話しておくべきだろう。過去に離婚した妻たちにはそれができなかった。

最初の妻はともかくとして、二人目、三人目の妻に自身のことを伝えられていたら、何か変わっていただろうか。別れることにはならなかったか。はたまた結婚にすら至らなかったか。

(フィオナはどうだろう……)

事ここに至るまでクラウスが伏せていた事実を知っても、なお自分の妻になりたいと言ってくれるだろうか。

不安は拭えない。けれど、せめてフィオナに対してだけは誠実でありたい。

とはいえ、どんなタイミングで切り出すべきか。思い悩んで低く唸(うな)ったそのとき、廊下の向こうから慌ただしい足音が近づいてきた。

ノックも忘れて勢いよく飛び込んできたのは、つい先程部屋を出ていったばかりの執事だ。

執事は室内に足を踏み入れるなり「敵襲です」と短く言った。

クラウスは返事もせずに席を立つ。瞬間、さっと室内から光が失せた。机の背後にある窓から差し込んでいた残照が消えたのだろう。日没の時間だ。

「国境を守っていた兵が早馬を飛ばしてまいりました。隣国の兵たちが武器を携えて攻め入ってきたそうです」

「つい先程、平和で結構と語り合ったばかりなのにな」

「敵は国境を越える勢いとのことですが」

「すぐに向かおう」

大股で部屋を横切り廊下に出る。

敵兵の情報はすでに城の者たちにも伝わっているらしく、城内は騒然とした雰囲気だ。兵士たちが慌ただしく駆け回る中、クラウスも使用人に命じて戦闘装束に身を包む。

シャツの上に鎖帷子(くさりかたびら)をまとい、甲冑(かっちゅう)をつけて剣を佩(は)く。その間も、刻一刻と変わる戦況を斥候(せっこう)が伝えに来た。

「敵の数はさほど多くありませんが、騎馬兵がほとんどなので応戦に手間取っています」

「夜陰に乗じて国境を突破しようとしているものと思われます。そのための少数精鋭かと」

「目的はこの城だろうな。くれぐれも周囲を警戒しておいてくれ」

城に残る衛兵たちに声をかけ、甲冑を鳴らしながら庭へ向かう。

「馬の準備はできているな？　まずはすぐに出られる者だけついてきてくれ。すぐ国境へ向かう」

周囲に控える兵士たちに声をかけながら庭へ向かっていると、回廊の前にフィオナが立っていた。

今朝は俯きがちでクラウスの顔をあまり見ようとしなかったが、今は一心にこちらを見詰めてくる。敵兵が国境に迫っていることは周囲の状況から理解しているのだろう。その表情は強張り、頬も青ざめていた。

クラウスは大股でフィオナに近づくと、華奢な肩に手を置いた。

「国境の問題を片づけてきます。久々なので少しばかり剣の腕が鈍っているかもしれませんが、そう時間はかからないと思いますよ」

少しでも安心させようと軽口を叩いてみたが、フィオナは唇を真一文字に引き結んで動かない。まるで出会った頃のような頑なな表情だ。

王都で暮らしていたフィオナにとって、隣国の敵兵が目と鼻の先まで迫ってくるという状況など初めてだろう。城内の異様な緊張感に呑まれているのかもしれない。

国境に近いこの土地では戦が絶えない。この期に及んで結婚に尻込みしてしまったのではないかと不安になったが、今はフィオナを宥めているだけの時間もない。軽く肩を叩いてその場を離れようとすると、思い切ったようにフィオナが口を開いた。

「け、怪我などなされませんよう……無事のお帰りをお待ちしております……！」

固く両手を握りしめ、切実な声でそう言ったフィオナの目には薄く涙が張っていた。クラウスの身を案じ、ただその一言を伝えるためだけに回廊の前で待っていてくれたらしい。

ひたむきな目に胸を衝かれる。動きを止めてフィオナの顔を見詰めれば、慌てたように顔を伏せられてしまった。

「ご、ご出発の前に、呼び止めてしまい申し訳ありません。どうぞ、ご武運を……」

言うだけ言って身を翻そうとしたフィオナを片腕で抱き寄せる。冷たく硬い胸当てにフィオナの体を押しつけるのは気が引け、小さな体を緩く抱きしめた。

「ありがとう、すぐに戻ります。この城まで敵がやってくることはありませんので、貴女はここで待っていてください」

腕の中で、フィオナがか細く「はい」と答えた。

本当はもう少し抱きしめていたかったがさすがに時間がない。フィオナの背に回していた腕をほどいて回廊に飛び込んだ。

頭上に板をかけた狭い通路を駆け抜け、無事に帰ろうと思った。この身に傷ひとつつけずに。こんなこと、初陣のときだって思わなかった。むしろ多少の怪我を負っても武功を立てようと己を奮い立たせていたが、今回は別だ。

フィオナが怯えないように、不安にならないように、まったく大したこともなかったような顔で帰らなければ。新妻に不要な心労はかけたくない。

回廊を抜けて庭に出ると、すでに兵たちが集まっていた。クラウスは愛馬に飛び乗り、部下たちに短く指示を飛ばしながら強く手綱を握りしめた。

(城に戻ったら、フィオナにすべて打ち明けよう)

自分のことはもちろん、別れた妻たちのことも。

かつての妻たちは、隣国から敵が攻め入ってくると貧血を起こしたようになって皆自室に引き上げてしまった。それが悪いとは言わない。彼女たちはそろって平和な土地で暮らし、嫁いでくるまで辺境のこの地を訪れたこともなかったのだ。戦前の荒々しい雰囲気に血の気が下がるのも無理はない。クラウスも見送りを望んだことはなかった。それでいいと思っていた。

けれどフィオナは、青白い顔をしながらも気丈にクラウスを見送ろうとした。その姿を見たら痛切に、添い遂げたい、と思ったのだ。

彼女とは添い遂げたい。そのためには、嘘偽りのない自分の姿を見せなければ。

それで彼女の心が離れてしまったら？　そのときはフィオナの意思を尊重しよう。手放したくはないが、無理強いしたいわけでもない。

(自分にできることは、ただ誠実であることだけだ)

まずは国境に攻め入ってきた敵を蹴散らし、無事この城に戻ってこよう。

手綱を握り直し、クラウスは馬の腹を蹴って城を飛び出した。

＊＊＊

二階の客間には大きな窓があり、城の南に広がる森がよく見える。以前、クラウスが連れていってくれた森だ。

今はすっかり日が落ちて、闇に紛れた森はその輪郭を曖昧にしている。

「フィオナ様、そろそろ休まれてはいかがですか？」

ソファーから外の様子を見ていたフィオナは、リズに声をかけられ緩慢に振り返った。

室内には、リズの他に三人の侍女がいる。いつもはリズしかそばにいないのだが、敵を迎え撃つ場面に初めて立ち会うフィオナが心細いだろうと他の侍女たちが配慮してくれたのだ。

あれほど態度の悪かった自分のそばに侍女たちがついていてくれるなんて、本来ならば感動するところだが、今はクラウスのことで頭がいっぱいだ。青い顔で「そうね」と応じ、また窓の外へと目を向ける。

「旦那様なら、夜明け前にお戻りになると思いますよ」

紅茶を淹れながら冷静な口調で言ったのは、以前にもフィオナに紅茶を出してくれた侍女だ。この城に勤めて長いらしく、こんな状況も慣れっこなのか動揺している様子はない。

「そうですよ、先程報告もあったじゃありませんか。敵はもう国境の向こうへ押し戻されて、自分たちの領地に逃げ戻るのも時間の問題だと」

リズもフィオナを安心させるように明るい口調で言う。

前線から戻った兵士からフィオナもそう聞かされているが、その兵士が顔に傷を負っていたことが新たな不安を煽った。ここから離れた国境付近では、人と人が剣を交えて戦っているのだと実感してしまって体の震えを止められない。

「……クラウス様は、無事かしら」

小さな声で呟くと、ティーカップを差し出された。紅茶を差し出した侍女は無表情のまま「問題ありません」と言う。どうやら彼女は、喜怒哀楽に関係なく普段からあまり表情が動かないタイプらしい。

後ろに控えていた他の侍女たちも同じような反応で、むしろひとりで心配を募らせるフィオナを微笑ましく見守っている。それに気づかないのはフィオナ本人ばかりだ。

「でも、クラウス様は普段からとても穏やかな性格で……剣を振るう姿が想像できなくて」

自分に触れるときですらおっかなびっくりなクラウスの姿を思い出して呟くと、周りにいた侍女たちが声を立てて笑った。

「確かに旦那様はお優しくて温厚ですが、剣を握ると人が変わられますよ」

「あまりに苛烈な戦い方をなさるので、隣国の兵士たちもクラウス様の愛馬を遠くから認めただけで戦線を後退させるほどです」

「……苛烈？　クラウス様が？」

別人の話を聞いているようで尋ね返せば、侍女のひとりが笑いながら頷いた。

「私も最初は信じられませんでしたが、戦から城に戻った直後は少し怖いくらいのときもあります。私たちも話しかけるのをためらうくらいで。以前の奥様たちも怖がって……」

「おしゃべりが過ぎますよ」

相変わらず無表情で皆の談笑に耳を傾けていた侍女がそこで会話を切り上げる。前の妻の話をフィオナの前でするべきではないと判断したのだろう。うっかり口を滑らせた侍女は「失礼しました」と慌てて謝ってきたが、細かなことに目くじらを立てる余裕もない。怖かろうがなんだろうが無事にクラウスが帰ってきてくれればなんだって構わなかった。

とにもかくにも気が気でなく、侍女が淹れてくれた紅茶の味も香りもわからない。当然食事も喉を通らず、夜が更けてもなお客間のソファーに座ってクラウスの帰りを待ち続けた。

深夜を過ぎてもクラウスたちは戻らず、場合によっては日をまたぐこともあるのだと侍女たちから聞かされて眩暈を起こしそうになった。迎撃に数日かかることも珍しくはないらしい。

フィオナはひたすらクラウスの無事を祈る。こんなことなら、今朝もきちんとクラウスの顔を見ておけばよかった。不貞腐れたように俯いてしまったことを後悔する。

リズから閨の話を聞かされた後、フィオナはすぐにベッドでのクラウスの様子を窺った。しかし何度確認してもクラウスの下半身が兆している様子はない。自分にはそれほどに魅力がないのかと落ち込んで、今朝はクラウスの顔もまともに見ることができなかった。

馬鹿なことをしたと思う。クラウスは辺境伯で、いつこうした戦に巻き込まれるともわからないのだ。思うところがあるなら言葉にして問いただせばよかった。

青白い顔で己を責めていると、急に階下が騒がしくなった。

クラウスたちが戻ったのかとソファーから立ち上がろうとすると、部屋の扉が勢いよく押し開けられた。息を切らせて駆け込んできたのは、城の侍女だ。

「大変です……！　城から火の手が！」

フィオナのそばにいた侍女たちが一斉に彼女に詰め寄る。

「どうして城から火の手が？　旦那様たちは国境近くで敵と戦っていたのでは？」

「わ、わかりません、でも、確かに火が……」

リズが窓辺に駆け寄った。フィオナも窓の外の闇に目を凝らすが炎らしきものは見えない。火がついたのは城の反対側なのだろうか。

「旦那様たちは善戦していらっしゃったのでは？」

「まさかいつの間にか戦況が逆転して……？」

侍女たちが不安そうに囁き合う。フィオナも胸元を握りしめた。城に火をつけられたということは、敵がクラウスたちの戦線を突破してここまでやってきたということだ。クラウスはいったいどうなったのだろう。最悪の想像が頭を掠めて気が遠くなった。

胸元を押さえて浅い呼吸を繰り返していると、今度は男性使用人たちが部屋にやってきた。

「フィオナ様、すぐに馬車を出しますのでこの場を離れてください。城が火に巻かれてからでは外に出ることもままならなくなります」

切迫した様子の使用人に声をかけられ、フィオナは震える声で尋ねた。

「……クラウス様は？」

「旦那様はまだ前線から戻っておりません。敵の一部が闇に紛れてこの城まで到達した様子です。人数は多くないようですが万が一ということもあります。近くの村に避難してください」

それでもなお動けずにいると、リズに腕を取られて立ち上がるよう促された。

「フィオナ様、城は私たちに任せて逃げてください！」

「で、でも、私、ここでクラウス様を待たないと……」

「無理に残って怪我などされたら、旦那様も悲しまれます！」

リズは持ち前の強引さでぐいぐいとフィオナの背中を押して使用人に押しつけてしまう。

使用人とともに部屋を出たフィオナは、慌てて室内を振り返った。

「待って、貴女たちは？」

リズはいつもの調子で笑って大きく手を振った。

「私たちは消火のお手伝いをします！　それから、旦那様とフィオナ様がお戻りになられたらすぐお休みできるよう、お食事の用意などしておきますね！」

その隣に立っていた無表情の侍女も「賊が上がり込んできたら返り討ちにしますのでご心配なく」などと言っている。相変わらず真顔なので本気なのか冗談なのかわからない。

後ろ髪を引かれる思いだったが、使用人たちは素早くフィオナを中庭まで連れ出してしまう。そこに用意されていたのは一頭立ての小型馬車だ。

「粗末な馬車で申し訳ありませんが、敵の目につかぬためです。ご容赦ください」

「構いません。ですが、城の皆は……」

中庭に出てみても、城のどこで火の手が上がったのかよくわからない。ただ、どこからか焦げ臭い風が吹いてくるのは確かだ。城内では怒号も上がっている。すでに敵が城の中まで侵入しているのか、はたまた城の者同士が怒鳴り声を上げて危険を知らせ合っているのか、どちらともつかないだけに足が鈍ったが、使用人の言葉で我に返った。

「今はフィオナ様の安全が第一です。旦那様からもきつくそう申しつけられております」

必死の形相で馬車に乗るよう頼み込まれ、自分がこの場にいたところで戦の役には立たないことに思い至る。まごまごして周りの者の手をこれ以上煩わせるわけにもいかず、フィオナは馬車のステップに足をかけた。

馬車に乗り込むとすぐに御者が車を走らせ始めた。その後ろには馬に乗った護衛の者が三名つく。三人とも鎧姿で剣を携えていた。

改めて、尋常ならざることが起きているのだと思った。王都にいる騎士たちは大半が貴族で、鎧も剣も飾りのようなものだったがここでは違う。鎧は迫りくる刃（やいば）から身を守るためにあり、剣は敵を薙（な）ぎ払うためにあるのだ。

クラウスも、今まさに戦の最前線で剣を振るっているのかもしれない。想像するだけで体から血の気が引いた。不安が胸の奥からせり上がり、気を抜くとか細い悲鳴が漏れそうだ。

馬車は城を飛び出して暗い夜道を走る。振り返ると、城壁に掲げられたかがり火に照らされた城が見えた。城内で上がった火はどの程度だったのだろう。城にいた誰もが動転していたので全容がはっきりしない。

だんだんと遠ざかっていく城に目を凝らしていると、後ろを走っていた護衛の馬が鋭いいななきを上げた。悲鳴のようなそれに驚いて振り返ると、三人いる護衛のうち、一人の乗る馬が明らかに速度を落としている。

「弓を射かけられたぞ！」

風に紛れて護衛の声がする。切迫したその声に、心臓を握り潰されたような気分になった。

御者が「フィオナ様、伏せてください！」と叫ぶ声が薄く聞こえ、フィオナは言われた通り座席に身を伏せた。

（……追手をかけられているの？）

震えながらフィオナは考える。城を襲っていた敵がフィオナたちの馬車に気づいて追いかけてきたのだろうか。馬車はますます速度を上げ、たまに車輪が小石に乗り上げるのか激しく揺れる。一瞬体が浮き上がるような感覚があり、どこかにしがみつこうと座席の隙間に手をかけたそのとき、これまでで一番大きな浮遊感に襲われた。

座面から体が浮く。背中が引っ張られるような、胸を押されるような感覚があり、どっと背中を馬車のドアに打ちつけた。後はもう四方八方からもみくちゃに体を押されたようになって、闇を裂く馬の声と木が割れるような大きな音が耳を貫く。

夜の海に放り出されたように、一瞬自分がどこにいるのかよくわからなくなった。

「フィオナ様！」

誰かに名を呼ばれ、はっとして目を開ける。

いや、ずっと目は見開いていたのかもしれないが、何ひとつ視覚情報が頭に入ってきていなかった。急に座席が狭くなったような気がして目を瞬かせていると、馬車の天井が勢いよく開いて護衛が片腕を差し出してきた。

「摑まってください！」

声に反応して体が動く。なぜそんな場所から腕が伸びてくるのかわからなかったが、急かされてとっさに護衛の手を取った。すぐさま勢いをつけて体を引き上げられる。

護衛に助けられて外に出たフィオナは、そこでようやく馬車が横転したことを悟った。御者が倒れた馬を必死で起こそうとしているが、巨体を動かすことができず苦戦しているようだ。

護衛はフィオナを馬車の外に出すと、自身の乗っていた馬にフィオナを乗せ、すぐに自分も馬の尻に飛び乗った。

馬が走り出すとすぐ、後方でひゅっと何かが風を切る音がした。最初はそれがなんであるのかわからなかったが、すぐに矢で狙われているのだと気づいて悲鳴を上げかけた。辛うじて口元を手で覆って声を殺したが、気をしっかり持っていないと馬から振り落とされそうだ。

護衛も余裕がないのか無言で馬を走らせる。しばらくすると矢が空気を切る音が聞こえなくなった。逃げ切れたのか。馬の鬣(たてがみ)に必死でしがみついていると、急に馬が走る速度を落とした。御者が馬の腹を蹴るが速度は上がらない。

馬は南に向かって走っていたらしく、やがて森の入り口に到着した。以前クラウスが連れてきてくれた場所だ。

護衛は先に馬を降りると、フィオナにも手を貸して地面に下ろした。月明かりだけを頼りに馬の様子を見ていた護衛は、途方に暮れたような顔で首を横に振る。

「馬が足を痛めたようです。もう、こいつは遠くまで走れません」

「そんな……」

フィオナは辺りを見回す。馬車はもちろん、その後ろにいた二名の護衛の姿も見えない。敵の姿すら闇に紛れ、周囲は不気味な静けさに包まれている。

「森の奥に行きましょう。湖の近くに身を潜めていればやり過ごせるかもしれません」

そう言って護衛が振り返った瞬間、矢尻が闇を裂く鋭い音が再び響いた。ドッと鈍い音がして、どこかの木に矢が刺さる音がする。

護衛はフィオナを突き飛ばすようにして森の奥へと追いやった。

「フィオナ様！　先に行ってください！」

「あ、貴方は……!?」

「私はここで応戦します！」

護衛に背を向けられ、一瞬足が竦んだ。

護衛を危険な場所に置き去りにするのか。見捨てるようで気が引けたが、残ったところで加勢ができるわけもない。「お早く！」と急かされ、迷いを振り切り森の中へと駆け込んだ。

夜の森を必死で走る。月の明るい夜でよかった。木々の間から月光が射して道を照らす。ドレスの裾を翻し、いつか見た湖を目指してひた走った。木々のざわめきや、闇の間を飛び回る動物たちの気配に何度も体をびくつかせた。背後に敵が迫っていないか、振り返って確かめるのが恐ろしい。息が上がって苦しかった。靴の中で足がこすれて痛い。それでも立ち止まれない。破裂しそうな肺を宥めて走り続けていたら、ふいに視界が開けた。

風が水の匂いを運んでくる。

真上から月の光が差し込む明るい場所は、以前クラウスと訪れた湖だ。

迷わずここまで到着できたことに安堵して、その場に膝をつきそうになった。しかしすぐに敵が追いついてくるかもしれない。フィオナは痛む足を引きずってクラウスが教えてくれた木を探す。やがて大きな洞のある木を探し出し、転がり込むようにその中に入った。

入ってみると、存外洞は大きかった。四つ這いで奥まで進んで木の壁に凭れる。洞の中に自分の荒い息遣いが響き、それが外に漏れるのが怖くて必死で息を殺した。

しばらくそこでじっとしていると、少しずつ呼吸も整ってきた。耳を澄ませてみるが、木々のざわめきと虫の声、それから湖を風が渡る微かな音しか聞こえない。

矢を射かけてきた追手はどうなったのだろう。今頃森の入り口で護衛が応戦しているのか、あるいは今まさにフィオナを追って森の中に入ってきているのかもしれない。わからないだけに恐ろしく、小さく体が震えてしまう。

なんとか震えを止めようと自分で自分の腕を抱いたとき、フィオナの耳が異音を捉えた。

木々のざわめきとも獣の声とも違う。金属がぶつかり合う音だ。

ガチャガチャと鳴るそれは、鎧をつけた人間が動く音だった。わかった瞬間、心臓が竦んだ。いよいよ鎧をつけた敵兵が追いかけてきたのか。恐怖と緊張で呼吸すら覚束なくなる。

口元を手で覆って震えていると、どんどん金属のぶつかり合う音が近づいてきた。

相手はひとりのようだ。フィオナのいる場所にまっすぐ近づいてくる。ひと際大きく鎧が鳴って、誰かが洞の縁に手をかける。手甲をつけた手だ。森の前で別れた護衛はあんなものをつけていただろうか。思い出せずパニックを起こしかけた。

洞の前に立つ人物が身を屈め、中を覗き込んでくる。その顔を見て、フィオナはひゅっと喉を鳴らした。

洞を覗き込んでいたのは、フィオナをここまで連れてきてくれた護衛の者ではなかった。

クラウスだ。

「フィオナ……！」

掠れた声でフィオナを呼んで、クラウスが洞に飛び込んでくる。両腕で抱き込まれ、よかった、と耳元で呻くように呟かれた瞬間、目尻からぽろりと涙が落ちた。迎えが来たことより、クラウスの無事がわかったことに何より安堵する。

クラウスは肩で息をしながら、フィオナを強く抱きしめる。

「部下から貴女が森の奥に入ったと聞いたんです……よかった、森の中で迷っていなくて」

どうやらクラウスは馬を乗り捨て、道なき道を突っ切ってここまでやってきたらしい。フィオナを抱きしめる腕は一向に緩まず、固い鎧で体を圧(お)し潰されて小さく声を上げる。

クラウスはハッとしたように腕を緩め、自分も洞の壁に背中をつけた。クラウスが入ってくるとさすがに手狭になったが、ぴたりと身を寄せ合えば問題ない。クラウスはフィオナの

肩を抱いて、鋭い目で洞の外を見ている。

フィオナはじっとクラウスの顔を見詰める。

前線で指揮を執っているはずのクラウスが、なぜここにいるのか気になった。しかも、供もつけずにたったひとりで。

(もしかすると、敵に攻め落とされて……？　味方がばらばらになって、抗戦もできずひとりでこんな場所までやってきたの？)

そうでなければ、戦場の最前線に立つはずのクラウスがここにいる理由がわからない。

クラウスは洞の外を睨んで何も言わない。フィオナの肩を抱く腕の力も強く、いつものような遠慮を感じられなかった。

険しい表情を浮かべるクラウスの横顔を見て、侍女が言っていたのはこのことだろうかと思った。戦から帰った直後は怖いようなときもある、と言っていたが。

飽きもせずその横顔を見詰め続けていると、視線に気づいたのかクラウスがこちらを見た。フィオナが不安がっているとでも思ったのか、宥めるように目元をほころばせ、でもまたすぐに前を向く。

確かに、いつもより近寄りがたい雰囲気はある。けれど怖くはなかった。クラウスの持つ武器は、フィオナを含めた民を守るために振り下ろされる。だから怖くない。むしろ武人としてこの土地を治めているクラウスに寄り添いたいと思う。

二人して黙り込んでいると、遠くで人の声がした。うっすらと聞こえたのは猛々しい男性の声だ。それも、一人や二人ではない。夜の森に大勢の男たちの声がこだまする。反響が激しく何を言っているのかまでは聞き取れないが、穏やかならざる怒号にフィオナは身を竦ませた。

クラウスは険しい顔で何も言わない。楽観できる状況ではないということか。ならば敵が森に入ってきたと考えるのが妥当だ。

ここまでか、と思った。

こうして洞の中に隠れていても、逃げ延びることは難しいだろう。よしんばこの夜を越えることができたとしても、城を落とされればもう帰る場所もない。

これが最後になるかもしれないと思ったら、思うより先に言葉が口をついて出ていた。

「クラウス様……最後にひとつだけ、教えてください」

クラウスが驚いたような顔で振り返る。「最後?」と訝しげな口調で問われ、フィオナは思い詰めた表情で頷いた。

「クラウス様は、どうして私と子を成そうとしてくれなかったのですか……?」

これだけは、最後にどうしても尋ねておきたかった。

思いもかけない質問だったのか、クラウスが軽く息を呑む。こちらを見るその目が微かに揺れたのがわかった。一心に見詰め続けていると、クラウスにそっと目を逸らされた。

「……気がついていたんですね」

観念したようなクラウスの横顔を見た瞬間、胸の奥に鋭い痛みが走った。心のどこかで否定してくれることを期待していたのかもしれない。やはりそうだったのかと思ったら、胸を貫く痛みが増す。

「……子供がいなければ、離縁も容易になるからですか？」

自分で自分にとどめを刺すつもりで尋ねれば、俯いていたクラウスが勢いよく顔を上げた。

愕然とした表情になって、まさか、と首を横に振る。

「そんな、貴女はそんなことを考えていたんですか」

「だって、そうでないなら、どうして……」

他に理由があるとすれば、クラウスが自分に性的な魅力を感じていなかったということくらいだ。それはそれで悲しいことだと思っていたら、クラウスが慌てた様子でフィオナの手を取った。

「違います！　そういうことではないんです。貴女が言っているのは勘違いで、私はできることなら、貴女と添い遂げたいと思っていて……」

勢い込んでフィオナの言葉を否定したものの、クラウスの声尻はどんどん小さくなっていく。この期に及んでまだ何かごまかそうとしているのだろうか。言ってください、とか細い声で訴えると、クラウスが両手でフィオナの手を握りしめてきた。

「待ってください、私もこんな場所で貴女にこの話をすることになるとは思っていなくて……少し心の準備をさせてください」

そう言って、覚悟を決めるように大きく息を吸い込む。

フィオナは遠くで響く怒声に耳を傾け、これが最後ならばと黙ってクラウスの言葉を待った。

しばらくしてようやく心が決まったのか、クラウスはまっすぐにフィオナの目を見て言った。

「貴女と子を成そうとしなかったのは……したくても、できなかったからです」

「……できない？」

そうです、とクラウスは真剣な表情で頷いた。

「私には、男性としての機能がありません。ですから子は作れません」

フィオナはクラウスの言葉を胸の中で反芻して、首を傾げる。どういう意味かよくわからなかった。

クラウスは迷いを捨てた顔で、しっかりとフィオナの顔を見て続けた。

「初めからそうだったわけではないんです。最初の結婚をした時点では何も問題はありませんでした」

クラウスが初めて妻を迎えたのは十年以上も前のことだ。つつがなく式を挙げ、初夜を迎えようというそのとき、今日のように隣国の兵士たちが国境を越えんと大挙してきた。これを迎え撃つには一晩では足らず、戦闘は一週間近く続いたそうだ。

城に戻ったクラウスは、待っていた新妻を寝室に連れ込んで初夜を過ごした。

問題は、一週間も戦のさなかに身を置いていたせいで知らぬ間に気が昂っていたことだ。

「翌日、妻はベッドから出ることができませんでした。疲労困憊して、熱まで出してしまったんです」

当時のことを悔いるようにクラウスは目を伏せる。

無体なことを強いたつもりはなかったが、まだ若かった上に戦闘後の高揚が冷めず、つい夢中になってしまった。暴力的な振る舞いこそしていないが、下手に腕力と体力があったせいで妻に無茶をさせてしまったらしい。

翌朝、ベッドに臥せる妻を見てクラウスは声を失った。彼女の手首に自分の指の痕がくっきりと残っていたからだ。それほど強く相手の手を摑んだ記憶もなかっただけに、恐ろしかった。

そのとき初めてクラウスは、女性の柔肌は桃のように簡単に痕が残ってしまうことを知った。自分の腕力では、そうと知らずに相手を傷つけてしまうのだということも。

フィオナの手を両手で包んだまま、クラウスは重々しい口調で言う。

「それ以来、女性に触れるのが怖いんです。女の人は小さくて柔らかくて、壊れやすくて脆くて、怖い。そう思うようになりました。今も、貴女を強く抱きしめるのが怖い。夢中になってしまうのが怖くて、自分に枷をつけてしまいます。大切だからこそ、唇と指先で触れることしかできない」

話を聞きながら、フィオナは初めて庭でクラウスと顔を合わせたときのことを思う。この人は他人から触れられるのを嫌っているのではないかと勘違いしてしまうほど、クラウスはおっかなびっくりフィオナに触れてきた。いっそ何かに怯えているかのように。

（本当に、私に触れるのが怖かったんだわ……）

時間を経て、ようやく当時のクラウスの心境を理解した。

「そんな状況だったので、初夜以降は妻に触れることができなくなってしまいました」

男性能力を喪失したのも同じ頃だ。ありていに言ってしまえば、勃たない。病気や怪我をしたわけでもないのに突然そんな状態になったことに驚いて、恥を忍んで医者にも診てもらった。しかし原因は不明のまま。何か理由があるとすれば、妻を傷つけてしまったことで胸にしこりができて、それが体にも影響を及ぼしているのではないかとのことだった。

しかし最初の妻にも、それ以降迎えた妻たちにも、クラウスは己の体の状況を打ち明けることができなかった。男性としてのプライドが先に立ってしまったせいだ。せめてもと昼は妻に愛情を注いだが、床を別にされた妻たちが何も思わぬはずがない。やがて妻たちはクラウスに愛されていないのだとふさぎ込むようになり、最後は涙ながらに「離縁してください」と頭を下げてきたらしい。

フィオナは痛ましい顔で眉を寄せる。前妻たちの気持ちが痛いほどにわかったからだ。フィオナだって、クラウスが最後まで性交をしていないと知ったときはショックを受けた。クラウスは自分にさほどの興味や執着がないのではと思い悩んでしまったものだ。

「妻から『我が子を育てたい』と訴えられたときは、申し訳ない気分になりました。それでも私は自分の体のことを打ち明けることができず、妻との離縁を受け入れたんです。せめてもの罪滅ぼしに、妻の外聞が悪くならぬよう一方的にこちらから離縁を言い渡したことにしておきましたが、それが何かの役に立ったのかどうか……」

沈んだ声で呟いて、クラウスは押し殺した溜息をつく。

フィオナはクラウスの手を握り返し、この人は私と同じことをしている、と思った。クラウスの行動は、フィオナが婚約者たちに行ったことと変わらない。クラウスの離婚も、フィオナの婚約破棄も、自分自身のためというより相手のためという側面が強かった。

クラウスを励ますつもりでしっかりとその手を握る。手甲の上からでは伝わらなかったかと思ったが、クラウスは伏せていた目を上げ弱々しく微笑んだ。

「せめて妻と添い寝でもできれば、何か違ったかもしれませんが」

「添い寝もしなかったのですか？　でも、私とは……」

添い寝以上のこともしているではないか、と言いかけて口をつぐむ。さすがに気恥ずかしさが勝った。クラウスはフィオナが呑み込んだ言葉を察したようで、「前の妻の話などされては、貴女の気分がよくないかもしれませんが……」と断ってから続きを口にした。

「別れた妻たちはそろって儚げで、従順な女性たちでした。私が何を言っても否定はせず、感情を乱すこともなく、微笑んで頷いてばかりいるような……」

貴女とは違う、と続きそうな口調に、フィオナはムッと眉を寄せた。

「私は儚くもなければ従順でもないし、怒ってばかりで失礼しました」

口早に言ってクラウスから顔を背けると、洞の中にクラウスの柔らかな笑い声が響いた。

「貴女のそういうところが、触れても大丈夫かもしれない、と思わせてくれたんです。本当に嫌ならこの手を振り払ってくれるのではと期待しました。だから触れられたんです」

そうは言うが、フィオナの手を取るクラウスの指先にはまだ遠慮が感じられる。手甲をつけているせいもあるのかもしれない。無骨な金属で覆われた手は、少し加減を間違えただけでフィオナの指を握り潰してしまいそうだ。きっと手甲をつけていないときでも、クラウスは固い金属を身にまとっているような気分でフィオナに触れているのだろう。

(そんな心配、する必要なんてないのに……)

クラウスの手を乱暴だと感じたことなど一度もない。きっと力いっぱい手を掴まれたって怖いとは思わないだろう。クラウスがどんな人物であるかわかった今ならなおさらだ。

そう伝えようとしたとき、森の中に馬のいななきが響いた。はっと耳をそばだてると、遠くから複数の蹄の音が聞こえてきた。人の声もする。馬に乗ったたくさんの人間が、湖の近くまでもう迫っているのだ。

フィオナは最後に強くクラウスの手を握ると、その手をぐっと押しのけた。

「今の言葉が聞けただけで十分です。クラウス様はどうぞ先へ行ってください」

クラウスは目を見開いて、再びフィオナに手を伸ばしてこようとする。

「私だけ先に？　貴女も一緒でないと……」

「いえ、私はまともに歩けそうにありません」

「まさか、どこか怪我を？」

さっとクラウスが顔を強張らせたので、慌てて首を横に振る。

「ただの靴擦れです。でも、普段のようには歩けません。そうでなくともクラウス様と同じ速度で森の中を駆け抜けるのは不可能でしょう。どうぞ私のことは置いていってください」

フィオナは背筋を伸ばし、洞の外へと出るよう促す。しかしクラウスは信じられないと言いたげな顔をするばかりで、洞から出るどころかフィオナのほうに身を寄せてきた。

「どんな状況であれ、貴女を置いていけるわけがないじゃありませんか」

「ご心配には及びません。頃合いを見て城に戻りますので」

「何を馬鹿な……無理です、か弱い貴女がひとりでなんて」

無理だと頭ごなしに決めつけられ、フィオナはぴくりと眉を上げた。

こうして話し込んでいる間も馬たちの足音は近づいている。事態は一刻を争うというのになかなか行動を起こさないクラウスに焦れて、フィオナはもう一度きっぱりとした声で「行ってください」と言った。

「私がいては足手まといになるでしょう。さあ、早く」

「行くなら貴女も一緒です」

「私だけ行くわけには……」

「時間が惜しいんです。私は後から城に戻ります」

「なぜそんな……危険です、もし貴女に何かあったら――」

いよいよ湖の近くまで馬の足音が近づいてきて、フィオナはあらゆる常識をはるか彼方まで投げ飛ばして片手を振り上げた。

洞の中に乾いた炸裂音が響き渡る。フィオナがクラウスの頬に強烈な張り手を食らわせた音だ。

まったく身構えていない状態で頬を張られ、クラウスの大きな体がぐらついた。軽く身をのけ反らせ、唖然とした顔でフィオナを見下ろす。

「この状況を乗り切れたら、お手討ちにでもなんでもしてください」

手加減なくクラウスの頬をはたいた掌がじんじんと痛い。それをごまかすように両手を組んで、フィオナは口早にまくし立てた。

「今すべきことを見極めてください。それに、貴方が思うよりずっと女は頑丈です。か弱くもないし、壊れやすくも脆くもない。私は森の入り口からこの場所まで迷わず歩けました。帰り道も問題ありません。歩ける足があるのに動かずにいる貴方のほうが、ずっと弱々しくていらっしゃるのでは？」

城に来たばかりの頃、意識して繰り返していた毒舌がこんなときに役に立った。きつい口調で言い放ち、フィオナはクラウスを睨みつける。こんな可愛げのない女など置いていこうと思ってくれれば幸いだ。クラウスは城主として、そして兵士をまとめる指揮官として、今すぐ城に戻らなければいけないのだから。

クラウスは呆然とした顔でフィオナを見下ろし、自身の頬に指先で触れる。赤くなったそこを確かめるように指で辿ったと思ったら、その顔をくしゃりと歪めた。

フィオナごとき小娘に頬を張られた怒りで顔を歪ませたのかと思いきや、次の瞬間クラウスが浮かべたのは満面の笑みだ。はは、と小さく笑ったと思ったら、後はもう堰を切ったように大きな声で笑い始める。

洞の中に響く笑い声は外にまで漏れ出し、フィオナはぎょっとしてクラウスの腕を掴んだ。

「静かにしてください……！　敵に気づかれます！」

声を潜めて訴えれば、少しだけクラウスの笑い声が小さくなった。しかしそれは一瞬のことで、また弾けるような笑い声が洞の中に響く。

こんな差し迫った状況にもかかわらず、辺り憚らず声を上げて笑うクラウスが信じられなかった。危機的な状況に陥り精神が参ってしまったのかとすら思っていたら、いよいよ人の声がはっきりと聞こえるくらい足音が近づいてきた。

フィオナはとっさに洞から飛び出そうとする。自分さえ捕まればクラウスは見過ごされるかもしれない。まさかこんな木の洞に二人も潜んでいるとは思わないだろう。クラウスの体を押しのけて外に出ようとすると、後ろから腕を摑まれた。それもかなり強い力だ。これまでのような、壊れ物を扱う手つきとは違う。力強く後ろに引き倒され、クラウスの胸に背中から倒れ込んだ。

暴れる間もなく洞の前に男たちが立ち、そのうちのひとりが洞の中を覗き込む。

もう駄目だ、と息を詰めたとき、明るい声が耳を打った。

「旦那様、こちらでしたか！　よかった、フィオナ様もご一緒ですね？」

鎧姿の男性がほっとしたように笑う。敵と思っていた相手に名を呼ばれて硬直していると、背後でクラウスがまた笑い始めた。

フィオナたちの姿を確認した男性が身を起こし、「二人ともいらっしゃったぞ！」と声を上げると、周囲から歓声が上がった。ということは、この場にいるのは敵ではない。味方だ。

まだくつくつと笑っているクラウスを振り返り、フィオナは啞然とした顔で尋ねる。

「……最初から、この状況がわかっていたのですか？」

クラウスはなおも笑いながら頷く。

「むしろ貴女が敵に囲まれているとは思いませんでした」

「し、城に火をつけられたんです！　森の入り口まで追手をかけられましたし……！」

「ああ、ボヤが出たとは聞いていますが」

ボヤ、とフィオナは繰り返す。確かに城を出るとき、振り返っても火の手は見えなかったが。

「隣国の兵士たちはすでに追い払いました。ですが、数名取り逃がした者がいたようですね。夜陰に乗じて城まで近づき、せめて一矢報いようと火をつけた弓を城に放ったのでしょう。すぐに消されたらしいですが」

「では、私たちの馬車を追いかけてきたのは……」

「城に火をつけた者たちですね。ほんの数名ですから、すでに全員縛り上げていますよ」

クラウスは国境から引き上げる最中、城から馬を飛ばしてきた部下に事の顚末（てんまつ）を知らされ慌てて城に戻ったらしい。

城の中も情報が錯綜していた。火の手が上がった、もう消火した、まだどこかが燃えていると大騒ぎだったが、万が一に備えてフィオナを近くの村に避難させたと聞いて取るものもとりあえず馬に飛び乗ったのだ。

「途中で馬車が横転しているのに遭遇して、護衛たちと合流してようやく貴女がこの森に入ったと知りました」

森の入り口では護衛が敵と応戦していた。すぐに敵は捕らえたものの、夜の森でフィオナが道に迷ってしまわないか気が気ではなかったらしい。それで馬を乗り捨て、森を突っ切ってひとりここまで駆けてきたそうだ。

さすがにもう残党はいないはずだが、万が一ということもある。それで後から追いかけてくる城の者たちを待つ間、フィオナと洞に身を潜めていたらしい。

喋りながら洞を出たクラウスが、フィオナに向かって手を差し伸べる。フィオナは自分も手を伸ばすが、クラウスの顔をまともに見ることができない。

(もう近くに敵はいないとわかっていたから、クラウス様はここで私とお喋りなんてしていたのね……。少し考えればわかりそうなものなのに、どうして私はこう……！)

後悔に苛まれていたら、クラウスに手を取られて勢いよく洞の中から引き上げられた。思いがけず強い力に目を瞠る。これまでのような遠慮を感じない。

クラウスはフィオナの腰を支え、靴擦れで傷ついた足になるべく負担をかけぬようエスコートしてくれる。すぐにクラウスの部下が黒い馬の手綱を引いてやってきて、クラウスは「失礼」と一声かけてからフィオナを抱き上げ、馬の背に乗せてしまった。

「さあ、まずは城に戻りましょう」

自分も馬に乗り、クラウスはのんびりと馬を歩かせる。周囲を見回せば、たいまつを持った人たちが湖の周りに点在していた。湖面に炎が反射して、辺りは随分明るくなっている。

ちらりとクラウスを振り返り、フィオナは小さく息を呑んだ。クラウスの頰に、手形の痕がくっきりと残っていたせいである。

「ク……クラウス様、先程は、た、大変な、失礼を……」

自分が何をしでかしたのか自覚して、一気に血の気が下がった。

クラウスはきょとんとした顔をしていたものの、フィオナが自分の頰を凝視していることに気づくと、にこりと笑って指先でそこを撫でた。

「なかなか手首のスナップがきいた強烈な一打でしたね」

「も、申し訳ありません……！」

謝罪の言葉が掠れてしまう。

青ざめるフィオナとは対照的に、クラウスは心底愉快そうに笑って赤くなった頰をもう一度撫でた。

「謝らないでください、目が覚めた気分なんです。私は長年、勘違いをしていたらしい」

「……か、勘違い、ですか」

「ええ。ご婦人は私が思っていたほど弱くもなければ、脆くもない。とりわけ私の妻になる人は強い方のようだ」

頰に当てていた手を下ろし、クラウスは目を細める。

「もう、手加減はしなくても？」

尋ねる声も表情もこれまでになく楽しそうで、ぎこちなく頷き返すことしかできない。

クラウスは声を潜めて笑うと、周囲の目も憚らずフィオナの髪にキスをした。

フィオナは顔中赤くして俯く。クラウスが手加減をしなくなったらいったい何が起こるのだろう。洞から自分を引っ張り出したときの力強い手を思い出すと鼓動が乱れた。

不安なのではない。期待をしている。

そんなことを考えていることがクラウスに伝わってしまうのが怖くて、フィオナは城に着くまで二度とクラウスを振り返ることができなかった。

クラウスの馬に乗って城に戻ってみると、すでにかなり混乱は収まっていた。すっかり火も消されたようで、使用人たちも落ち着いた態度で出迎えてくれる。

中庭で馬から降りると、すぐに使用人たちがクラウスの鎧を脱がせ始めた。侍女たちも集まってきてフィオナの手を取ろうとしたが、それを止めたのはクラウスだ。

「フィオナは私の部屋に連れていく。君たちももう休みなさい」

クラウスに腰を抱かれて歩き出したフィオナは、もう侍女たちの顔を見ることもできない。

自分でも顔が熱くなっているのがわかった。馬上にいたときからずっとだ。クラウスが後ろから腰を抱いたり、髪に口づけたりしてくるから。こんなの嫌でも期待してしまう。

クラウスはまっすぐ寝室にやってくるとフィオナとともに部屋に入り、しっかりとドアを閉めてからベッドに向かった。俯きがちについていくと、ベッドの横でクラウスが立ち止まる。振り返ったクラウスは真剣な顔で、しっかりとフィオナの手を取った。

すでに手甲は外しているので、指先から直接体温が伝わってくる。クラウスはまっすぐにフィオナの目を見て、静かな声で言った。

「森でも言った通り、私は子を成すことができません。ですが私は、貴女と添い遂げたいと思っています」

声はまっすぐで、嘘や偽りを感じなかった。フィオナもクラウスを見上げ、息すら潜めて続く言葉を待つ。

クラウスは一拍置いた後、思い切ったようにフィオナの手を強く握った。

「正直に教えてください。私の体のことを知ってなお、伴侶になりたいと思ってくれますか？」

クラウスの瞳は真剣で、必死だった。頷いてほしいと熱烈に乞われているようで、その情熱に引きずられるように胸の奥に火が灯る。

自分はずっと、こんなふうに誰かに強く求められてみたかった。その相手が、クラウスのような人であることが信じられない。

喉の奥から嗚咽じみた空気の塊がせり上がってきて、フィオナはそれを無理やり飲み込んだ。

「……私も貴方と、生涯をともにしたいです」

クラウスが目を見開いて、明るい鳶色の瞳に歓喜の色が浮かぶ。深く身を屈めてフィオナと額を合わせると、クラウスは感極まった声で「よかった」と呟き、目尻に皺を寄せて笑った。

その嬉しそうな顔を見ていたら、自然とこちらの目元も緩んだ。見詰め合い、どちらからともなく目を伏せる。

上向いた唇にそっとキスが落とされた。

つないだ手にはいつもより力がこもっている気がするが、まだ少し遠慮がちだ。

唇が離れるのと同じ速度で瞼を上げ、フィオナは力いっぱいクラウスの手を握りしめた。

「クラウス様。私は子供の頃、木から落ちたことがあります」

前置きのない言葉にクラウスが面食らったような顔をする。それは、と言ったきりしばし沈黙が流れた。

「……その、ご無事でしたか」

「ご覧の通り、無事でした。かすり傷を負ったくらいで骨も折れませんでした。母からは、『貴女は淑女にあるまじく骨が太いのでは』と嘆かれたほどです」

クラウスの口元にふっと笑みがよぎる。フィオナが何を伝えようとしているのか気づいたようだ。それでもフィオナは、きちんと想いを言葉にする。

「ですから、多少の無茶をされたところで問題ありません」

クラウスは無理強いをしないし、フィオナの意思をきちんと確かめてくれる。だから何も怖いことなどないと思った。

フィオナは芝居がかった仕草で胸を反らすと、この城に来た当初のように意地の悪い顔で笑ってみせた。

「それに私は、嫌だと思ったら遠慮なくクラウス様の頬をはたきますのでご心配なく」

今度こそ耐えきれなかったのか、クラウスが柔らかな声を立てて笑った。フィオナも芝居がかった笑みをやめ、そっとクラウスの頬に手を添える。

「……でも、先程は申し訳ありませんでした。きちんと状況も確認せず」

すでに赤みは引いているが、頬に触れれば微かに熱を持っているのがわかる。クラウスはむず痒(がゆ)そうな顔で笑ってフィオナの腰に腕を回した。

そのまま片腕で縦抱きにされ、驚いてクラウスの首に腕を回してしまった。

「貴女は本当に、くるくると表情が変わるので目が離せない」

予備動作もほとんどなく軽々と抱え上げられ、ベッドの中央に下ろされる。クラウスもベッドに上がってきて、両腕で強く抱きしめられた。

唇から、は、と短い息が漏れた。これまでも何度もクラウスに抱きしめられたことはあったが、こんなにも強く抱かれたのは初めてだ。

これがクラウス本来の力なのか。骨が軋むようだ。でも痛くはない。陶然としてしまう。クラウスの肩に頭を預け、広い背中に腕を回した。嫌ではないと伝えるため肩口に頭をすり寄せると、クラウスの腕にまた力が入る。まだ全力ではなかったのかと思ったら笑ってしまった。遠慮を捨ててほしくて、フィオナも渾身(こんしん)の力を込めてクラウスを抱き返す。

想定していない反応だったのか、クラウスの背中が一瞬強張った。それがおかしくて、ますます強くクラウスにしがみつく。

「……苦しくないんですか」

「ちっとも。もっと強くても大丈夫です」

「折れてしまいそうだ……」

呻くようにクラウスが言う。まだ不安なのか。

フィオナはクラウスの肩に凭れ、まどろむような口調で答えた。

「構いません」

「でも」

「何かの手違いで折られてしまっても構わないくらい、貴方をお慕いしているんです」

耳元で聞こえていたクラウスの呼吸音が止まった。構わないんですよ、ともう一度口にしようとしたら、視界が回ってベッドの上に押し倒される。箍が外れたように目をぎらつかせたクラウスの顔が一瞬見えたが、すぐに唇をふさがれて見えなくなった。

「ん……っ」

唇の隙間から舌をねじ込まれた。いつになく性急なキスだ。抗わず唇を緩め、押し入ってくる熱い舌を迎え入れる。

あっという間にキスは激しくなって、互いの唇の隙間から弾んだ息が漏れた。キスだけでなく、体をまさぐるクラウスの手つきにも余裕がない。下手をするとドレスを破られかねない勢いだ。

フィオナの服を脱がせると、クラウスも自ら服を脱ぎ始めた。唇を合わせたままシャツのボタンを外し、袖を抜いて、ズボンを脱ぐ。不自由な体勢になるのでなかなか脱ぎ終わらない。もどかしい。けれどそれが一層興奮を煽る。

ようやく一糸まとわぬ姿になってシーツの上にもつれ込んだ。

キスをしながら抱きしめられると、それだけで体の芯に震えが走った。合わせた胸が熱い。分厚い筋肉の下で心臓が激しく脈打っているのが伝わってきて、クラウスがいつになく興奮していることがわかった。つられてフィオナの心臓も息苦しいくらいに高鳴っていく。

舌先が痺れるほど強く吸い上げられ、獣のような息遣いで濡れた唇を舐められる。忙しなく胸を上下させて空気を取り入れていると、首筋にクラウスが顔を埋めてきた。

「あ……っ」

首のつけ根に軽い痛みが走って声が出る。噛まれたようだ。十分に加減された力だったが、柔らかな肌に繰り返し歯を立てられて息が途切れた。食い破られる恐怖はないが、肌に固い歯を当てられると背筋にぞくぞくと震えが走った。自分の反応に戸惑っていると、クラウスに胸を摑まれる。これも痛くはないのだが、いつもより力が強い。

「あ……っ、あ、あっ」

大きな手で乳房を捏ねられ、首筋に歯を立てられると、快感に微かな痛みが混じる。小さな痛みは不快でなく、むしろ新しい快感を呼ぶスパイスだ。

何よりも、肌にぶつかるクラウスの荒い息遣いに狂わされた。これまではフィオナの快感を引き出すことを最優先にしてきたクラウスが興奮しきっているのだと思うと、歓喜で胸が爆ぜてしまいそうだ。

クラウスは首筋から鎖骨に唇を移動させ、浮き出た骨を軽く噛んでさらに下へと滑らせる。唇が何かを探すように胸の膨らみの上をさまよい、小さな突起に辿り着くと迷いもなく口に含まれた。

「あっ！　や、あ、あぁ……っ」

軽く吸い上げられて背中がのけ反った。舌先でそこをくすぐられると声を殺せない。たっぷりと唾液で濡れた舌で突端を舐められ、下腹部がきゅうっと引き絞られた。

「や、あ……、あぁ……っ」

片方の胸はクラウスの手で揉みしだかれ、もう一方は舌と唇で愛撫(あいぶ)される。時々先端に歯が当たって、高い声を漏らしてしまった。

クラウスの手が移動して、胸からへそに滑り落ちる。内腿に掌が滑り込んで、膝を閉じようとしたのに間に合わなかった。触れられるまでもなく体の奥から蜜が溶け出しているのがわかる。陰部を辿るクラウスの指はぬるついて、軽く指を動かしただけでくちくちと湿った音を立てた。

フィオナの胸に顔を埋めていたクラウスがようやく面を上げ、濡れた唇を肌に滑らせた。肩や胸や首にキスをして、最後に耳元に唇を寄せる。

「すっかり蕩けていますね」

カッと顔が熱くなって、何か言い返すことすらできなかった。

クラウスは濡れた肉襞(にくひだ)をゆるゆると指で辿り、フィオナの耳に歯を立てる。

「今日はどうも、自制が働きません。剣を握ったせいか、貴女が可愛らしいことばかりするせいかはわかりませんが」

花芯を撫でられ、フィオナは唇を噛みしめる。蜜をまとわせた指でそこを刺激されると、腹部から爪先まで痺れるような快感が走ってたまらない。指の腹で柔らかく押し潰されて腰が跳ねた。あられもない声を上げてしまいそうでますます強く唇を噛んでいると、噛みしめた唇をちらりと舐められた。

「本当に嫌なときは、きちんと私の頬をはたいてくださいね」

目の前に迫ったクラウスの目に笑みが浮かぶ。繰り返し唇を舐められ、溶けるように唇が緩んだ。すかさず唇の隙間からクラウスの舌が忍び込む。

唇を合わせたまま花芯をこすられ、下腹部が痙攣した。絶頂の予感に身を震わせていると、蜜をこぼす隘路にクラウスの指が触れた。たっぷりと濡れたそこは、軽く力を入れられただけで抵抗もなくずぶずぶとクラウスの指を呑み込んでしまう。

「んっ、ん……ぅっ」

もう何度もクラウスの指を受け入れてきた蜜壺は、震えながらも悦（よろこ）んで長い指を呑み込んでいく。ゆるゆると抜き差しされると内側が蕩けてクラウスの指を締めつけた。節の高いごつごつとした指を出し入れされる刺激に腹の奥が熱くなる。その感触を味わうように内側が何度もクラウスの指を締めつけてしまい、より深い快感に呑み込まれた。

口の中を熱い舌で掻き回されながら指を増やされ、親指で陰核を撫でられて、内腿がぴんと緊張した。

「……っ、は……っ、あっ、ぁ、あっ、んん……っ！」

キスがほどかれた途端、押し殺していた声が溢れてしまった。粘着質な音を立てて指を出し入れされ、充血した花芯を撫でられて、あっという間に絶頂が目の前に迫る。

「可愛い、私のフィオナ」

首筋に唇を滑らせたクラウスに囁かれ、フィオナは息を詰めた。肌を熱い吐息が撫で、鎖骨に甘く嚙みつかれる。媚肉がクラウスの指に絡みついて戦慄（わなな）いた。私の、と囁いたクラウスの声に確かな執心を感じて体が震え上がる。

最後はきつく目をつぶり、クラウスの首に縋って絶頂を迎えた。

「あっ、あ、あぁ……っ！」

クラウスの指を呑み込んだ場所が痙攣するような収縮を繰り返す。背筋を甘い快感の名残が駆け抜け、丸まった指先から力が抜けた。

ぐったりと体を弛緩させシーツに沈み込むと、内側からゆっくりと指を引き抜かれた。すぐには息が整わず、胸を喘（あえ）がせながらクラウスを見上げる。こういうとき、これまでのクラウスなら満足したような顔でフィオナを見詰めてくるのだが、今日は違った。

クラウスは身の内にこもる熱に浮かされたような顔で、軽く眉根を寄せてフィオナを見ていた。どこかもどかしそうな、焦れたような顔を閨で見るのは初めてだ。満足とは程遠い表情で、フィオナの唇をキスでふさいでくる。

「ん……」

行為の終わりを告げるような穏やかなキスではなかった。もう一度最初からやり直すような情熱的なキスだ。フィオナは必死でそれを受け止め、クラウスの広い背に腕を回す。

貪（むさぼ）るようなキスをしながら、クラウスは両腕でフィオナを掻き抱（いだ）く。腰が反るほど強く抱き寄せられ、熱い肌に身を寄せるとまた体の芯が蕩けていく。いつもは長い腕に抱き込まれ、優しく背中を叩かれているうちに眠ってしまうのに、今は燠のようにくすぶるクラウスの熱に引きずられ、落ち着くどころかまた体温が上がりそうだった。

フィオナの隣に寝転んでも、クラウスの呼吸はまだ速い。落ち着かない様子で身じろぎしている姿を見ていると自分も何かしてあげたくなって、思い切って口を開いた。

「クラウス様……わ、私も……触れても構いませんか……？」

クラウスが不思議そうな顔でこちらを見る。

思い返せば、これまではクラウスから快感を与えられるばかりで、こちらから何か行動を起こしたことなどほとんどない。あまり女性が積極的ではしたないと思われてしまうかもしれないが、フィオナだって与えられるばかりでなく、クラウスに何か与えたかった。

自分はクラウスに肌を撫でられるだけで気持ちがいいし、幸福な気分になれる。それをそのままお返ししたいのだと拙い言葉で伝えると、クラウスの顔が笑みで崩れた。

「私に触れてくれるんですか、貴女から？」

「クラウス様のように上手くはないかもしれませんが……。もし、嫌でなければ……」

「まさか。嬉しいですよ」

クラウスは目尻を下げて笑い、フィオナを抱く腕を緩めて胸を開く。

どうぞとばかりさらされた胸に、フィオナはそっと手をついた。広い胸にするすると掌を滑らせるとくすぐったそうに笑われる。胸の突起に触れたときは、今度こそ耐えきれなくなったように手を摑まれ、笑いながら「くすぐったいです」と言われてしまった。

「くすぐったいんですか……？」

「くすぐったいです。男と女の体は少し感じ方が違うのかもしれませんね」

言いながら、クラウスが手を伸ばしてきてフィオナの胸に触れる。いたずらに胸の尖りに指を這わされ、諫めるようにその手を摑んだ。

「今は私が触る番です」

「こちらから触れては駄目なんですか？　少しも？」

駄目です、と軽く睨めば、クラウスは相好を崩してフィオナから手を引いた。

気を取り直してクラウスの胸や背中に手を這わせる。しっかりと筋肉のついた体は骨張って、自分の体とはまるで触り心地が違う。たまに皮膚が引き攣れたようなところがあり、指で辿ってみて古い傷痕だと気づいた。辺境伯として剣でこの地を守ってきた証拠だ。

あちこち触られてこそばゆそうだが、クラウスはフィオナを止めようとしない。フィオナの髪を指先ですくい取り、お返しのようにキスを返して楽しげな口調で言う。

「こんなふうに、自分から触れてきてくれた人は初めてですよ」

ちらりと目を上げてその顔を窺ってみるが、嫌そうな顔はしていない。それどころか、猫が戯れる姿を眺めるように目元を緩めてフィオナの髪を撫でている。

自分はクラウスに肌をまさぐられるとすぐに息が上がって前後不覚になってしまうのに、クラウスは随分と余裕そうだ。自分の触り方が拙いせいだろうか。なんだか悔しくなって、目の前にあったクラウスの鎖骨に軽く嚙みつく。

「……っ」

不意打ちに驚いたのか、クラウスが小さく息を呑んだ。その反応に気をよくして、クラウスの胸にキスを繰り返しながら掌を下に滑らせる。薄く浮き出た腰骨に触れると、クラウスの腹部に力が入ったのがわかった。またくすぐったかったのだろうか。腰から太腿を撫で、内腿に手を伸ばすと、されるがままだったクラウスがうろたえたような声を上げた。

「フィオナ、そこは……」

「触れてはいけませんか？」

「……触れたいんですか？」

困惑したような顔で問われ、フィオナは目を瞬かせる。クラウスだってフィオナの体をどこもかしこも触りたがるくせに、逆の立場になると触られるのは嫌なのか。

「嫌ですか？」

クラウスがこちらの意見を尊重してくれたように、自分も相手の意見に耳を傾けようと尋ねれば、ますます困ったような顔をされてしまった。

「嫌ではない、ですが」

「よかった」

フィオナは表情をほころばせる。自分から触れてみてわかったことだが、好きな相手に触れることができるのは嬉しい。自分の指先ひとつで相手が息を詰めたり、身をよじったり、小さな反応が返ってくるとたまらない気分になった。

いそいそとクラウスの下腹部に手を伸ばすと、頭上から小さな溜息が降ってきた。

「申し訳ないのですが、触れられても反応しませんよ……」

「何も感じないのですか？」

「いえ、そういうわけではないのですが……」

歯切れの悪い言葉を聞きながら、そっとクラウスの性器に手を伸ばす。。指先で触れたそれは柔らかかった。そろそろと指で撫でるとクラウスが軽く息を詰める。

「くすぐったいですか？」

顔を上げて尋ねると、軽く奥歯を嚙んだクラウスの顔が目に飛び込んできた。くすぐったさを耐えているのとは少し違うように見える。恐る恐る性器を握り込んでみると、クラウスが小さく喉を鳴らした。

「……気持ちがいいんですか？」

尋ねれば、どこか複雑そうな表情で頷かれた。

「本当に……？」

「……本当です。ただ、それ以上に反応はしません」

それ以上、の意味がフィオナにはよくわからない。リズに聞いた話では男性器は硬くなったり大きくなったりするそうだが、見たことがないので想像が追いつかなかった。

それよりも、フィオナにとってはクラウスが息を詰めて快感を追っているほうが重要だ。

「私には、反応がないようには見えないのですが」

フィオナの言葉に、クラウスは怪訝そうな表情を向ける。確かに手の中の性器は柔らかいままだが、明らかにクラウスの表情は変化している。

「貴方が気持ちよくなってくれれば、私はそれが何より嬉しいです」

クラウスの体に身を寄せ、フィオナは蕩けるような顔で笑う。

クラウスも、いつもこんな気持ちで自分に触れてくれていたのだろうか。そう思うと胸にひたひたと満ち足りた想いが押し寄せた。愛しい相手に尽くすことはこんなにも幸福だ。

クラウスは意表を突かれたように目を見開いて、なんだか泣きそうな顔で笑った。

「……貴女といると、折に触れて目隠しをほどかれるような気分になります」

そんなふうに思ってくれる女性がいるとは思わなかったと呟いて、クラウスはフィオナの頭を胸に抱え込む。フィオナは慌てて言い添えた。

「単に私が一般的な淑女の枠から外れているだけかもしれませんが……」

「だとしても、私は貴女がいい。これまでの妻たちには申し訳ないことをしましたが、最後に妻になる人が貴女で本当によかった」

嚙みしめるように呟いて、クラウスはフィオナの髪に指を滑らせた。

（……最後に妻になる人）

クラウスの言葉を口の中で繰り返したら、胸の内側で心臓が一回り大きくなったような気がした。息苦しいくらいに鼓動が高まって、クラウスの胸に顔をすり寄せる。

自分にとっては最初で最後の夫であってほしい。そんなことを思いながらそっと手を動かす。形を確かめるように指先で辿り、先端に指を這わせるとクラウスの背中が大きく波打った。気持ちがいいのだろうか。クラウスの体がじりじりと熱を帯び始めた気がする。

先端から根元を指でなぞり、掌全体で包み込む。これまでクラウスが自分に触れてくれたときの繊細な手つきを思い出し、力を入れすぎないよう細心の注意を払った。

そっと見上げてみると、クラウスが目を閉じていた。フィオナの手がもたらす刺激に集中しているようだ。緩やかな快感に浸っているようにも見える。

少し速い呼吸音に耳を傾け、フィオナは懸命に手を動かした。たまにクラウスが息を詰めるとどきりとする。腰の奥に熱が溜まり、無自覚に腿をすり寄せた。

ふと目を転じると、目の前にあるクラウスの胸にも古い傷痕があることに気づいた。鎖骨より少し下に残ったそれに、フィオナはそっと唇を押し当てる。先程さんざんクラウスに胸を舐められ、吸われたことを思い出して皮膚の盛り上がった部分に舌を這わせると、これまでで一番大きくクラウスの体が跳ねた。

「フィオナ、何を……っ」

クラウスが慌てたように身を離そうとするので追いかける。

「クラウス様だって同じようなことをなさっていたではありませんか」

「そうですが……そんな、傷痕ですよ。見苦しいでしょう」

「なぜです。長年この土地を守ってきた証では？」

誉め称えこそすれ、眉を顰める理由がない。名誉あるものに触れるつもりで傷痕に口づける。

次の瞬間、クラウスが身を翻して自身の下にフィオナを抱き込んできた。大きな体が覆いかぶさってきて、何事かと問う前に唇をふさがれる。

嚙みつかれるようなキスだった。あるいは口の中を食べられるような。呼吸すらままならない。キスの合間に息継ぎをするが、息が整うのを待たずまたすぐ唇をふさがれる。

何かにしがみついていないと溺れてしまいそうで、必死でその背に縋りついた。すっかり攻守が逆転して、荒々しい唇に翻弄される。

燻っていた火が一気に燃え立つような豹変ぶりだ。何がクラウスに火をつけてしまったのかわからず戸惑っていると、ようやくキスがほどかれた。

「ど……どう、されました、か」

肩で息をしながら尋ねると、クラウスがぎゅっと目を細めて笑った。

「いえ、私は随分と貴女に愛されているんだな、と実感しまして」

「今頃ですか」

思うより先に言葉が口を衝いて出た。クラウスはおかしそうに笑って、今頃です、と繰り返す。

「鈍感なんです。貴女がこの城にやってきたばかりの頃、必死で強気に振る舞っているのにも気づかなかったくらいですから」

当時のことを思い出し、カッと顔が熱くなる。何事か弁明しようとしたが、それより先にクラウスが身を起こし、フィオナの脚を閉じさせた。

左右から腿を手で押さえられ、膝を曲げさせられる。仰向けで胸に膝を近づけるような格好を取らされ、何が起きるのかわからず目を白黒させているとクラウスが身を乗り出してきた。

あの、と声を上げかけ、フィオナはびくりと身を竦ませる。内腿の隙間に何かが押し込まれたからだ。指ではない。柔らかな弾力のあるこれは、先程までフィオナが触れていたクラウス自身か。

クラウスはフィオナの腿を左右から押さえ、小さく腰を前後させる。

腿の間を出入りするそれが花芯に触れ、フィオナは鋭く息を呑んだ。一度達したせいか、クラウスの体を触るのに夢中になっていたせいか肉襞はまだ熱く潤っていて、腿の間を出入りするクラウス自身もあっという間に蜜にまみれる。

「あ……っ、あ……ぁ……ん」

指よりも太いもので緩慢に襞をこすられ、切れ切れの声を上げてしまう。ぬるついた感触が気持ちいい。達したばかりの陰核は小さな刺激も敏感に拾い上げ、クラウスが腰を揺らすたびに体の奥が淫らにうねった。

「あっ、あ、あ……っ」

うねりに合わせ、奥からとろとろと愛液が溢れてくる。クラウスが腰を振るたびに粘着質な音が上がり、恥ずかしくて耳が燃えそうだ。

クラウスの腰の動きが大きくなる。ずるずると花芯をこすられ息が上がった。押し寄せる快感に夢中になって、フィオナはしばらくその変化に気づかない。ふいに硬い切っ先で花芯を押されて体が跳ねる。あっ、と大きな声を出してしまってから、フィオナはようやく違和感に気づいた。

（……硬い？）

先程、自分が手の中で包み込んでいたそれとは違う感触だった。柔らかくない。それになんだか、重量を感じる。

瞼を開けると、クラウスが目を細めてこちらを見ていた。額に汗が浮いている。

「……気がつきましたか？」

再び腰を揺すられ、硬い屹立で擦られる快感に甘い声を漏らした。明らかに先程までと違う。視線を下ろすと、腿の間を出入りしているものが目に飛び込んでくる。

「……っ、えっ」

大きさも形も、まるで見覚えのないものがそこにあった。

事前にリズから形が変わるだの大きさが変わるだの言われていたが、こんなにも元の状態からかけ離れてしまうのかと愕然とした。

戸惑っていると、身を倒したクラウスに軽くキスをされた。ついばむようなキスを繰り返され、フィオナは恐る恐る声を上げる。

「クラウス様……あの、どうして……」

「わかりません。もう何年もこうなったことはないので」

吐息交じりに呟いて、クラウスはもう一度フィオナの唇にキスをする。

「こんなふうに体が反応することなど、もう二度とないと思っていました——」

言葉尻がわずかに震えていた。息が掠れてそう聞こえただけだろうか。確かめようにも次々とキスが降ってくるのでわからない。近すぎてクラウスの表情も見えなかった。

フィオナが思う以上に、クラウスは自身の体のことで思い悩んでいたのかもしれない。フィオナはそっと手を伸ばしてクラウスの後ろ頭を撫でる。子供にするような仕草になってしまったがクラウスは嫌がらず、しばらくフィオナの好きにさせてからゆっくりと唇を移動させた。唇から頰、耳元、首筋に強く吸いつかれ、シーツから背中が浮いた。

フィオナの腿を左右から押さえていた手が離れて膝が開く。膝の裏に腕を差し込まれたと思ったら屹立が引き抜かれ、溶けて滴る隘路に先端を押しつけられた。

「あ……っ」

ぐっと圧をかけられ、指など比較にならない大きさに掠れた声が漏れた。

一瞬怯んだものの、首筋にかかる興奮しきった息遣いと、甘噛みするようなキスにほだされる。首筋に顔を埋めたまま、フィオナ、フィオナと乞うように自分の名を呼んでくるクラウスが愛しくて、自ら体の力を抜きクラウスの後ろ頭を撫でた。

フィオナの了承を汲み取ったのか、クラウスがゆっくりと腰を進めてくる。

硬く反り返った屹立が熱く潤んだ肉を搔き分け、フィオナは喉をのけ反らせた。

「あ、あぁ……っ、ぁ……」

狭い場所をこじ開けられる鈍痛に襲われたのは最初だけで、すぐにずっしりと重い熱塊に体の奥まで満たされる陶酔感に打ち震えた。指では届かなかった奥までいっぱいにされ、肉筒が悦ぶようにひたひたとクラウスを締めつける。

クラウスが感じ入ったような声を漏らし、フィオナの首筋を甘く嚙んできた。

「フィオナ……たまらない、腰が溶けそうだ」

興奮しきった低い声で囁かれ、柔肉が痙攣するようにクラウスを締めつけた。いつも自分ばかり与えられていたものを、ようやくクラウスにも与えられたようで胸が熱くなる。

クラウスがゆっくりと腰を揺する。痛みよりも充足感が勝って、唇から漏れたのは甘い嬌声ばかりだ。

「あ、あぁ……っ、ぁ、ん……っ」

蕩けた肉筒をこすり上げられる快楽はすでにクラウスから教え込まれている。蜜が滴るそこは従順にクラウスを受け入れ、浅く出し入れされると奥へ引き込むようにうねり、奥を突かれると歓喜に打ち震えた。

「あっ、あ……っ、や、あぁ……っ！」

震える内壁を突き上げられて高い声を上げると、クラウスが肩先を跳ね上げた。熱に浮かされていた顔にうろたえた表情が走る。

「痛みましたか……？　待ってください、今……」

クラウスが腰を引こうとしたのに気づいて、とっさに片手を振り上げクラウスの頬をはたいた。と言ってもほとんど力は入らず、頬に手を添えただけになってしまったが。

目を見開いたクラウスの首裏に手を滑らせて引き寄せる。近づいた唇にキスをして、切れ切れの声で言った。

「……っ、やめたら、嫌です……」

嫌なことをされたらはたく、と先に宣言したことを実行する。

クラウスは目を丸くして、ああ、と溜息交じりの声を上げた。

「――貴女には甘やかされてばかりだ」

溜息に乗せて呟いてフィオナの唇にキスをする。

無意識のように唇を緩めたところで、ぐっと奥までクラウスが入ってきた。

「ん、ん……っ、は、ぁ……んっ」

ゆったりと腰を揺らされ、口の中を舐め回される。濡れた粘膜が溶けて絡まり、互いの境界を見失ってしまいそうだ。クラウスを受け入れた部分もすっかり蕩け、より強い刺激を求めて屹立に絡みつく。だんだんクラウスの動きも遠慮がなくなってきて、ベッドが軋むほど大きな動きで突き上げられた。

「あっ、あぁ……っ、や、んん……っ」

唇が離れ、滴るような甘い声が室内に響く。声を殺す余裕などなかった。フィオナの脚を抱え上げていたクラウスがその手を離し、両腕でフィオナを抱きしめてくる。

硬い腕に閉じ込められ、体ごと突き上げられて、次々襲いかかる快感に呑み込まれる。耳元で聞こえるクラウスの息はすっかり乱れて、ときどき甘い声で名を呼ばれた。

答える代わりにクラウスの背に爪を立てた。微かな痛みは一層クラウスを興奮させてしまったようで、突き上げが激しくなる。

絡みつく媚肉を掻き分けるように突き入れられ、フィオナは体をのけ反らせた。

「ひっ、あっ、あぁ……っ！」

下腹部が引き絞られて、深々と埋められたクラウスの存在がより鮮明になる。痙攣する肉筒を容赦なく穿たれ、爪先を丸めて全身を震わせた。

「あっ、あぁぁ——……っ」

最後は長く後を引くような声を上げ、フィオナは絶頂に追い上げられる。内側が淫らに収縮して、クラウスが低く呻いた。掻き抱かれ、奥に飛沫を叩きつけられる。室内に弾んだ呼吸の音が響く。アルコールが回るように、全身に甘い快感の名残が回って動けない。目を閉じたらそのまま意識を失ってしまいそうだ。

ぐったりとシーツに沈み込むと、クラウスが慎重に身を引きフィオナを胸に抱き寄せてきた。そのままベッドに横たわる。

互いの体から汗が引き、ようやく息が整っても、クラウスはフィオナを離そうとしない。固い腕の中は温かく、本気でまどろみかけたときようやくクラウスが口を開いた。

「……私はもう、この先貴女を手放せない」

小さいが、眠りに落ちかけていたフィオナの意識を引き戻すほどには思い詰めた声だった。フィオナは最後の力を振り絞って瞼を開けると、片手を伸ばしてクラウスの頬に触れる。

「……ぜひ、そうしてください」

囁いたら、自然と唇に笑みが浮かんだ。

簡単に手放さないでほしい。それはフィオナが長く胸に隠してきた、切なる願望だ。叶えてくれる人は現れないだろうと、修道院に入ることすら覚悟していたフィオナを、ギリギリのところでクラウスが受け止めてくれた。

クラウスの頰を撫で、フィオナは微笑んだまま目を閉じる。

闇の中、クラウスが何かを囁いた。微かな声は闇に紛れて耳まで届かず、問い返すこともなく穏やかな眠りに落ちようとした、そのとき。

「フィオナ」

クラウスの声が鮮明に耳を打ち、ぎっとベッドが軋んで体が揺れた。まるで小舟に揺られているようで目を開けば、すぐそこにクラウスの顔があった。フィオナの顔の横に両手をついて、真上からこちらを見下ろしてくる。その目にはぎらつくような火が灯っていて、一瞬で眠気が吹っ飛んだ。

何事かと声を上げようとするが、クラウスが深く身を倒してフィオナの唇を貪ってくるほうが早い。

「ク、クラ……っ、ん……っ」

名前を呼ぼうとしても舌を捕らわれ言葉にならない。痛いくらい強く舌を吸い上げられて、濡れた唇を舐められ、食まれる。後戯とも思えない荒々しいキスだ。

心地よい疲労感にたゆたっていた体がじりじりと熱を帯び始めた。キスをされながら体のあちこちに手を這わされて下腹部に甘い痺れが走る。ためらったものの、フィオナはおずおずとクラウスの背に腕を回した。

唇を軽く噛まれてキスが解けた。濡れた唇もそのままに、クラウスが低く掠れた声で囁く。

「……最初なので無理はさせまいと思っていたのですが」

上から覆いかぶさってくるクラウスが身を低くして、腿に硬いものが触れる。それがなんであるのか気がついて、フィオナは目を丸くした。

なぜまたそんな状態になっているのだ。一晩でそう何度もめまぐるしく形状が変わるものなのか。うろたえていると、軽やかな音を立てて唇にキスをされた。

「このまま大人しく眠れそうにありません。もう少し、おつき合いいただいても……？」

腰骨を大きな掌で撫でられて背筋に震えが走る。

許しを乞うような口調だが、闇の中に浮かび上がるクラウスの顔に譲歩の色は見られない。

興奮で目の周りが赤くなっている。のしかかってくる体が熱い。

クラウスの指先が内腿に滑り込んで小さな声が漏れてしまった。それが恥ずかしくて、フィオナはとっさに唇を引き結ぶと照れ隠しのようにクラウスを睨み上げた。

「い、嫌ならとっくに抵抗しています。逐一お尋ねにならなくて結構です……！」

言ってしまってから後悔した。こんな場面でさえしおらしく振る舞えない己を呪ったが、クラウスは鼻白むどころか、興奮を抑え込むように唇の隙間から細く長い息を吐いた。

「貴女は本当に……たまらないな」

強気に振る舞えば振る舞うほどクラウスの血を掻き立てていることなど、フィオナは少しも自覚していない。深く口づけられ、自らクラウスの背中を抱き寄せる。本当のことを言えば、フィオナだってまだもう少し、クラウスの熱に寄り添っていたかった。

とはいえ、クラウスの言う「もう少し」が、まさか夜が明けて空が白むまで及ぶとは、そのときのフィオナは知る由もなかったのだった。

＊＊＊

雪に閉ざされた冬が終わるのを指折り数えて待つのは毎年のことだが、それにしてもこれほどに春の訪れを心待ちにしたことはかつてない。

執事の手を借りて着替えを終えたクラウスは、万感の思いを込めて鏡の前に立った。今日のために新しく仕立てたフロックコートは、一見すると黒と見紛う濃紺だ。シャツもベストもズボンも一式そろえた。髪は軽く後ろに撫でつけ、髭(ひげ)の剃り残しなどないか鏡に顔を近づける。

「随分入念ですね」

後ろから執事に声をかけられ、そうだな、と上の空で返す。

「少しでも若く見せたいからな」

「旦那様がそのようなことをおっしゃるなど珍しい」

「あまり老け込んでいたら、隣に並ぶフィオナがかわいそうだろう」

「なるほど、ご馳走さまでございます」

執事の顔に呆れが交じる。いい年をして、とでも思っているのだろう。

クラウスだって、自分がこれほど年下の妻に骨抜きにされるとは思ってもいなかった。結婚式だって本当はもっと控えめに済ませるつもりだったのだ。だが、自分にとっては四度目でも、フィオナには初めてで、おそらく生涯で一度きりの大イベントになる。それならば、過去のどの式よりも華々しく祝おうと決めたのだ。

「フィオナの準備は？」

「先程終わったそうです。早朝から準備に取りかかっていましたからね」

そうか、と返すが早いか、部屋を横切り廊下に出る。執事が背後で「お時間までには戻ってください」と釘を刺してきたので片手を上げて応えた。

廊下を歩いてフィオナの部屋に向かう。フィオナがこの城にやってきた当初、一時的な私室として彼女に与えた客間だ。今日は花嫁の控室となっている部屋のドアをノックすると、中からリズの声がした。

に声をかける。

「はい、ただいま……あっ、旦那様」

「フィオナの準備が終わったと聞いたんだが」

「ええ、つい先程！　どうぞお入りください」

「リズは満面の笑みでドアを開け、「フィオナ様、旦那様がいらっしゃいましたよ」と室内
に声をかける。

南向きの部屋は日当たりがいい。窓の向こうからは春のうららかな陽光が射し込んでいる。

フィオナは窓辺に置かれた椅子に腰かけ、遠くに広がる森を見ていた。金色の髪を結い上げ、耳の横には白い花を挿している。胸元の開いた純白のドレスを着てゆっくりとこちらを振り返ったその姿を見て、覚えず感嘆の声を漏らした。

もともと容姿の整ったフィオナだが、今日は一段と美しい。凛と咲く純白の花を思わせる。

晴れ渡る春の空よりなお青い瞳に見惚れていると、気を利かせたリズが「私は他に用事がありますのでこれで」と部屋を出ていった。

室内に二人きりになり、クラウスは口元を手で覆いながらフィオナに近づいた。

「常日頃から美しいとは思っていましたが……今日はまた、一段と綺麗だ」

惚れ惚れしました、と言い添えると、フィオナが恥じらうように目を伏せた。

クラウスはそっとその顔色を窺う。頬は血色がよく、目の下には隈もない。そのことに、人知れず胸を撫で下ろした。

冬の間、クラウスは本気でフィオナを手放せなかった。日中は辺り憚らずフィオナに寄り添い城内の使用人たちに呆れられるほどだったし、夜は夜で連日のようにフィオナをベッドに引き込んでしまったほどだ。

初めて体を重ねた日は感極まって、本当に朝までフィオナを離せなかった。戦の後だったというのに、我ながらよくあれほどの体力が残っていたものだと思う。

翌日、フィオナが昼を過ぎてもベッドから出てこなかったときはまた同じ過ちを繰り返してしまったのかと青ざめたが、単に疲れ切って熟睡していただけとわかり心底ほっとしたものだ。

その後も、夢中になって朝までフィオナを抱き潰してしまうことは多々あった。疲労困憊してなかなかベッドから出られないフィオナを目の当たりにして反省しきりのクラウスに、フィオナは決まってベッドまで紅茶を持ってくるよう要求した。それだけでなく、紅茶に添えた菓子を手ずから食べさせるよう言いつけてくる。

少し怒った顔をしてみせるのは最初だけで、紅茶を飲めばフィオナの表情はすぐに丸くなる。菓子を差し出す頃にはすっかり笑顔だ。

クラウスにベッドまで紅茶を運ばせるのはフィオナなりの罰らしいが、これでは正直反省する気になれない。

こんな調子で冬の間は蜜月としか言いようのない日を過ごしたが、昨日の夜はさすがに自重した。何しろ今日は結婚式だ。フィオナがクラウスの妻として初めて領民の前に立つ日でもある。間違っても寝不足の顔で式に挑ませるわけにはいかない。

しっかりと休息を取り、いつにも増して肌艶のいいフィオナを見詰め、もう一度「本当に綺麗です」と呟く。

「……クラウス様こそ、立派なお姿なので見違えました」

「そうですか？　少しでも貴女と釣り合いが取れればいいのですが……領民たちにうっかり親子と勘違いされては大変です」

フロックコートの襟元を正しながら言うと、フィオナにおかしそうに笑われた。

「こんな日でもご冗談をおっしゃるんですね」

「冗談を言ったつもりはありませんが」

フィオナはなおも笑いながら、「少し緊張がほぐれました」と言った。本気で冗談だと思っているようだ。

(私と貴女の年の差を考えれば、あながち冗談でもないように思いますが)

口には出さず、胸の中でだけそう返す。まったくもって、この美しい花嫁がどうして自分の横に並び立つことを選んでくれたのかわからない。

自分など、王都から遠く離れた田舎を治める辺境伯だ。ここには若者が喜ぶような街も社交場もないばかりか、異民族に攻め込まれる危険すらある。挙句、自分はフィオナと親子ほども年が離れていて、体には生傷が絶えず、女性をエスコートする術も知らない粗忽者だ。

一時は男性としての機能も失っていたが、それでもなお、フィオナはこの手を取ってくれた。

窓辺に腰掛け、咲き初めの花のように初々しい表情を浮かべるフィオナを見詰め、いつかの夜を思い返した。隣国の兵士が国境を越え、フィオナが森に逃げ込んで、初めてフィオナを抱くことができたあの夜だ。

最後の最後まで躊躇を捨てきれなかった自分の背を、フィオナはためらわず押してくれた。強い人だ。それに優しい。傷だらけで、男としての魅力も乏しいだろうこの体に自ら手を伸ばして触れてくれた。愛されていると思わせてくれた。この体が回復したのは、間違いなくフィオナのおかげだ。

本懐を遂げた後はフィオナに対する愛しさが決壊して、もう一生彼女を手放せないと思った。胸の底からどろどろとした独占欲が溢れて止まらず、こんなにも醜い感情が自分の中にあったのかと愕然としたことは記憶に新しい。

一時はフィオナを王都に帰そうとしていたなんて自分でも信じられなかった。そのために正式な婚姻を先延ばしにして、婚約者などという中途半端な立場にフィオナを置いていた自分を悔やむ。もしも春が来るまでにフィオナの気が変わってしまったらどうするのだ。

手の中に転がり込んできた幸福が大きすぎて、急に怖くなった。

腕の中でまどろむフィオナを抱きしめ、耐え切れず不安を言葉にする。私はもう、この先貴女を手放せない、と。

独占欲にまみれた言葉だ。もう眠っているだろうと思っていたフィオナが目を開けてこちらを見たときは肝が冷えた。本音を隠すべく弁解しようとしたのに、フィオナがあんな言葉を返してくるなんてどうして想像できただろう。

『……ぜひ、そうしてください』

眠りに落ちる直前のような柔らかな声で囁いて、フィオナは笑った。幸福そうな笑顔だった。

たった一言で、不安が綺麗に拭い去られた。

あのとき、思ったのだ。きっとフィオナはこうして、この先も何度でも、無自覚に自分の不安や迷いを消し去ってくれるのだろうと。クラウスを慰めるつもりも励ますつもりもなく、ただ思いついたから口にしたのだと言いたげな軽やかさで。

目を閉じたフィオナの顔を見詰め、思わずこぼれた言葉が蘇る。あの言葉を、今日こそ彼女に伝えたい。

クラウスはフィオナに近づくと、その傍らに膝をついた。

フィオナがぎょっとしたような顔をこちらに向ける。椅子から腰を浮かせ、服が汚れると必死でクラウスを立たせようとしているが構わなかった。領民たちには城のバルコニーから手を振るだけなのだから汚れなど見えないだろうし、神父だってたかが服の汚れくらい、神の御心と同じくらい寛大に見逃してくれるはずだ。

クラウスは床に膝をついたまま、一心にフィオナを見詰める。

「フィオナ、私を選んでくれてありがとう」

片手を差し出すと、フィオナは戸惑い顔を浮かべながらもそっと自身の手を重ねてくれた。華奢な指先をしっかりと握り、あの夜フィオナに向かって囁いた言葉を繰り返す。

「私は生涯、貴女のものです」

神でもなく、神父でもなく、目の前にいるフィオナに誓いたかった。

身も心も、すべて捧げるつもりで口にした言葉は今度こそフィオナの耳に届いた。一年の中で一番美しい空の色を溶かし込んだような青い瞳が、ゆらりと揺れる。

床に片膝をついたまま両手を差し伸べれば、胸の中にフィオナが飛び込んでくる。

細くて、華奢で、でも脆くもなければ弱くもない、しなやかな優しさに支えられたその体を、クラウスは両腕で力いっぱい抱きしめた。

あとがき

こんにちは、阿部はるかです。

ゆるゆるとしたペースで小説を書かせていただいておりますが、気がつけばこの本で四冊目となりました。これもひとえに拙著を手に取ってくださった皆様のおかげです。本当にありがとうございます。

ところで、今回のお話を書きながら唐突に、これまでお城で暮らすお姫様（あるいは令嬢）を主人公にしたことがなかったことに気がついて愕然としました。

思い返せば一作目のヒロインは海賊に攫われる町娘、二作目のヒロインは馬鹿王子の護衛を務める騎士、そして三作目のヒロインは田舎で暮らす羊飼いと、まっとうなお姫様、お嬢様のヒロインがいない……！　舞台も船上だったり片田舎だったり旅の途中だったりで、お城がメインなのは今回が初めてでした。

改めて自作を眺め、もしかしてこれまであんまりTLっぽいお話を書いてこなかったのだろうか、とふと思った次第です。

とはいえ今回のヒロインもヒーローを壁ドンしていたりして、これはこれでどうなのかな？　と思ったりしております。ＴＬのヒロインとして読者の皆様に受け入れていただけるかドキドキですが、私個人は芯の強い女の子が大好きなので、大変楽しく書かせていただきました！

イラストは、成瀬山吹先生に担当していただきました。

今回は金髪碧眼のツンデレ令嬢です。過去作と比較すると華やかな設定なのでドキドキそわそわしておりましたが、期待を上回るラフをいただいて本当に嬉しかったです！　ヒーローも画像を開いた瞬間「想像以上のイケメン！」と声に出してしまいました。自分の文章にこうしてイラストをつけていただく瞬間は、毎回とても感動します。成瀬先生、華やかなイラストをありがとうございました！

そして読者の皆様、たくさんある本の中から拙作を選んでくださってありがとうございます。少しでも楽しんでいただけましたら幸いです。

それでは、またどこかでお会いできることを祈って。

阿部はるか

本作品は書き下ろしです

阿部はるか先生、成瀬山吹先生へのお便り、
本作品に関するご意見、ご感想などは
〒101-8405
東京都千代田区神田三崎町2-18-11
二見書房 ハニー文庫
「訳あり令嬢の婚約破談計画」係まで。

訳あり令嬢の婚約破談計画

2021年5月10日 初版発行

【著者】阿部はるか

【発行所】株式会社二見書房
東京都千代田区神田三崎町2-18-11
電話 03(3515)2311[営業]
03(3515)2314[編集]
振替 00170-4-2639
【印刷】株式会社 堀内印刷所
【製本】株式会社 村上製本所

落丁・乱丁本はお取り替えいたします。
定価は、カバーに表示してあります。

ISBN978-4-576-21048-3

https://honey.futami.co.jp/

阿部はるかの本

白バラの騎士と花嫁

イラスト=KRN

白バラの騎士と誉れ高い騎士団長のアリシア。軽薄で女好きと噂の王子リチャードの護衛につくことになるが、人には言えない関係に!?